외롭고 지친
엄마를 위한
심리학
카페

외롭고 지친 엄마를 위한
심리학 카페

초판 1쇄 발행 2015년 1월 26일
초판 2쇄 발행 2015년 7월 10일

지은이 김현정
펴낸이 이지은 **펴낸곳** 팜파스
기획편집 박선희
디자인 조성미 **마케팅** 정우룡
인쇄 (주)미광원색사

출판등록 2002년 12월 30일 제 10-2536호
주소 서울시 마포구 어울마당로5길 18 팜파스빌딩 2층
대표전화 02-335-3681 **팩스** 02-335-3743
홈페이지 www.pampasbook.com | blog.naver.com/pampasbook
이메일 pampas@pampasbook.com

값 13,000원
ISBN 978-89-98537-76-0 (03180)

ⓒ 2015, 김현정

이 도서의 국립중앙도서관 출판시도서목록(CIP)은 서지정보유통지원시스템 홈페이지
(http://seoji.nl.go.kr)와 국가자료공동목록시스템(http://www.nl.go.kr/kolisnet)에서
이용하실 수 있습니다.(CIP제어번호: CIP2014037954)

외롭고 지친
엄마를 위한

심리학
카페

유난히 엄마인 내가 외로운 날,
심리학이 다독여주다

김현정 지음

팜파스

들어가는 글 ☕

      친분이 있는 선생님이 있는데, 그분의 성격은 늘 밝기만 하고, 언제나 명랑하다. 그런데 어느 날 그분이 "살다 보면 구토가 치밀 정도로 힘들 때가 있다"는 말을 한 적이 있다. 그 한마디에 그분이 어떤 삶을 살았는지 느낄 수 있었다. 보이는 것이 전부가 아니다. 나는 가슴이 요동쳤다. 나도 '내일 해가 제발 안 떴으면 좋겠다'고 할 때가 있었다. 밤을 지새우며 지난 경험 속 어떤 장면들이 떠올라 마치 눈에서 카메라 셔터 소리가 찰칵 나면서 그 장면이 수시로 넘어가 나를 뒤흔들던 때가 있었다. 삶의 여러 문제로 힘들고 고통스러운 순간을 넘기면서 언제 이 어둠의 터널이 끝날까 수없이 번뇌한 적도, 고백하건대, 한두 번이 아니었다.

'여자인 나'의 삶을 사는 것보다 나와 관련된 다른 가족들의 삶을 사느라 우리는 고단한지도 몰랐을지 모른다. 아니, 지치고 힘들어도 어디 기댈 어깨가 없었을지도 모른다. 남편이 옆에 있어도 외롭고 헛헛한 마음을 느낀다는 엄마들이 내 주변에 많다. 아니 삶의 든든한 동반자였던 그가, 어쩜 애 하나 더 키우는 것처럼 느껴질 만큼 엄마들을 더 힘들게 하는 장본인일지도 모른다. 상담실에서 많은 엄마들이 남편들 때문에 우는 모습을 보며 나는 덩달아 속을 끓었다. 그러면서도 엄마로서 끊임없이 아들과 딸에 대해서도 마음을 쓰는 그녀들의 모습이 감동적이었다. 그녀들의 불안한 마음을 좀 더 다독여주고 싶었다.

우리는 자신과 관련된 다양한 관계와 상황 속에서 선택해야만 하는 순간을 겪는다. 그 결정 앞에서 엄마들은 원인 모를 불안에 떨며 매일을 산다. 그리고 조금씩 지친다. 엄마 마음에 누가 이러한 불안의 불씨를 던져놓고 갔을까.

어떤 엄마에게 내가 물었다. "지금 이뤄졌으면 하는 소원이 뭐가 있으세요?" 그녀는 이렇게 답했다. "단 하루라도 마음 놓고 나만의 여행을 떠나고 싶어요. 멀리 가서 쉬고 싶어요."라고. 나는 "가면 되지 않나요?"라고 물었다. 그녀는 말없이 웃었다. 그 웃음에 담긴 짙은 우울감을 나는 그냥 지나칠 수가 없다.

EBS 방송에서 웃는 엄마와 우는 엄마에 관련한 실험을 방송한 적이 있었다. 실험의 설정은 이러하다. 일정한 거리에 아가들을 두고 반대편에서 엄마를 향해 기어오도록 하는 실험이다. 아가들은 꽤 높은 공중에 떠 있는 유리 바닥을 기어와야 한다. 게다가 그 유리의 중간은 마치 길이 끊긴 채 하염없이 떨어지는 절벽처럼 보이게 하는 착시 효과 장치가 있었다. 그 길은 유리 바닥이지만, 보이는 건 끊어진 길과 절벽, 그리고 반대편 절벽에 이어진 길, 그리고 그 길에 있는 엄마인 것이다.

아이들은 엄마를 향해서 열심히 기어온다. 중간에 막다른 절벽을 느낄 때 주춤하지만 그때 엄마가 환하게 웃어주면 아이들은 기어오는 것을 멈추지 않고 그 길을 건너서 엄마에게 와서 안긴다. 놀라운 일이다. 하지만 만일 엄마가 무표정하거나 무심한 표정으로 서 있다면 어떨까? 아기는 신기하게도 엄마의 표정에 주춤하다 돌아선다. 절벽을 건너지 않는 것이다. 엄마의 표정 하나가 아가에게 얼마만큼의 존재감인지가 잘 나타난 실험이었다. 그리고 엄마는 아이의 인생 전체임을 깨닫게 하는 실험이었다. 엄마 당신의 존재감은 실로 이만큼이나 거대하다.

엄마의 불안, 엄마의 우울, 엄마가 행복하지 않은 이유에 주목해야 한다. 엄마, 당신의 행복 그 자체도 매우 중요하지만, 엄마와 영혼의 붉은 실로 연결된 아이도 중요하니 말이다. 엄마의 안정이 참 중요하다. 엄마로서, 여자로서 사랑을 줄 수 있다는 것 역시도 참 멋진 일이다. 하지만 남편 때문에, 시댁 때문에, 친정 때문에, 일과 환경 때문에, 경제상황 때문에, 다양한 이유로 엄마들은 불안해하고 안정을 취할 수가 없다.

지친 나를 추스르고 싶지만 그럴 수 없을 때, 나를 온전히 이해하고 받아들여주는 누군가가 없을 때, 내가 왜 불안하고 초조한지 나의 불안함은 가족에게 어떻게 반영되는지 알고 싶어도 딱히 방법이 없는 사람들을 위해 이 책이 좋은 쉼의 공간이 되었으면 한다. 나에 대한 불안을 잘 이해하고 풀 수 있는 방향을 잡아가는 데, 더 행복하고 더 안정된 엄마로서 근사한 삶을 살 수 있도록 힘이 되었으면 한다.

이 책이 나오기 전 나 역시 삶이 너무 분주했다. 원고 한 줄도 쓰지 못하고 지치고 바쁠 때 조급한 마음으로 강요하지 않고 기다려 주시며, 같이 고민하며 힘을 주었던 박선희 에디터와 출판사에게 감사함을 전한다. 그리고 늘 기도와 격려로 마음을 함께해주는 우리 가족과 지인들께 깊은 고마움을 전한다. "고맙습니다." 마지막으로, 내 삶의 의미이며 전부이신 내 아버지, 나로 인해 환하게 웃으시며 기뻐하시길 소원합니다.

김 현 정

contents

Chapter_02

'괜찮다'라고 말해주는 가족,
있나요?

— 하필 왜 나에게만 이런 일이 생긴 걸까? 엄마도 몰랐던 마음속 트라우마 —

Chapter_03

엄마,
관계에 좀 더 노련해지다
– 불안과 슬기롭게 공존하고, 자신감을 회복하는 길은 결국 관계다 –

Chapter_04

엄마,
인생의 주연 자리를 되찾자

– 계속되는 생, 빛나는 존재감을 찾기 위한 액션 플랜 –

엄마가 되고 나서,
나는 더 불안해졌다

– 범불안, 공황, 우울 다 남의 이야기인 줄 알았던 여자들의 고백 –

바닥까지 자존감이 떨어졌을 때.

끊임없이 되풀이되는 자녀양육과 일상에 지쳐갈 때.

마치 아이와 싸우려고 태어난 사람마냥 구는 자신을 볼 때.

엄마는 불안하고 무기력해진다. 그리고 문득 이런 생각이 든다.

엄마가 되는 것이 정말 세상에 더 없는 축복인 걸까?

세상에 더없는 축복이었던 엄마라는 이름이, 큰 멍울처럼 다가오는

순간이 너무도 많다.

인생이란 긴 여정은 순간순간에서 다시 시작될 수 있다.

이제 엄마, 그녀들의 눈을 가리는 불안의 실체를 파헤쳐보자.

그래야만 엄마의 행복이라는 시작을 향해 내딛을 수 있을 테니.

엄마, 당신이 꼭 행복해져야 하는 이유

　　로라는 음악치료사이다. 늘 우울하여 술과 약을 자주 한다. 로라는 음악치료사이면서 자기 문제 하나 해결하지 못하는 그런 여자다. 자주 울고 머리가 아프다고 누워 있다. 그 밑에서 자라는 아이는 늘 지저분하고, 감지 않은 머리는 뭉쳐 있다. 아이는 별로 웃기지 않는 얘기를 혼자 웃으며 하고, 또래 아이들 앞에서 말을 더듬거린다. 그리고 아주 올드한 노래를 흥얼거린다. 그래서인지 아이는 왕따를 당한다.

　　옆집에 새로 이사를 온 아저씨는 그 소년의 유일한 친구이다. 기타를 치고 노래를 부르며 흥얼거린다. 로라는 멀리 강의하러

갈 때 이웃집 아저씨에게 소년을 맡긴다. 로라가 없는 사이에 어색한 두 남자는 햄버거를 같이 사먹고, 서로의 취향을 고민한다. 그러다 둘은 절친이 되었다.

옆집 아저씨는 로라를 대신해 학교도 같이 가준다. 그리고 아이가 직접 말하지 않은 비밀을 많이 알게 된다. 그 아이가 심한 따를 당하는 것도, 둘이 있을 때는 고기 햄버거를 먹지만 엄마와 있을 때는 야채 햄버거를 애써 참으며 먹는다는 것도. 학교 발표회 때 소년은 자신의 공연 계획을 아저씨에게 알린다. 그 계획은 앞으로도 계속 왕따를 당하고, 더 이상 학교에 남아 있지도 못할 자폭과 같은 내용이었다. 소년은 발표회 때 잘하지도 못하고 음도 자주 어긋나면서도 아주 오래된 옛날 노래를 들고, 그것도 음원도 없는 생 라이브로 노래를 하겠단다. 아저씨는 안 그래도 바보라고 놀림을 받는 이 아이가 걱정되었다. 이대로 두면 아이가 오래도록 왕따를 당할지도 모른다는 생각이 들었다. 도대체 엄마란 여자는 아이에게 관심이 있는지 없는지 모르겠다. 이 아이가 발표회에 그 노래를 들고 나가면 어떤 취급을 받을지 관심도 없다. 아저씨는 화가 났다. 로라에게 한 번쯤 아이가 어떻게 지내는지 보기 위해 학교를 가보라고 해도 그녀는 무관심이다. 아니 무기력하다.

어쨌든 학교 발표회는 시작되었고, 아이는 최대 위기를 맞는

다. 아이가 찢어지는 목소리로 올드한 노래를 부르자, 앞서 좋은 공연으로 한껏 달아올랐던 분위기는 순식간에 싸해진다. 아이들은 먹고 있던 콜라 컵과 접시를 소년에게 던질 분위기다. 이때 옆집 아저씨가 빠른 비트로 기타를 치며 등장한다. 아저씨의 빠른 비트와 올드한 노래의 가사가 하모니를 이뤄서 멋진 음악이 되었다. 싸해진 분위기는 어느덧 흥에 겨워지고, 모두 어깨춤과 발을 흔들거리며 즐겼다. 아이를 싫어하던 학교 친구들은 그 아저씨를 친구로 둔 아이를 부러워했다.

집에 돌아와 아저씨는 아이에게 묻는다. 왜 굳이 그 올드한 노래를 불렀냐고 말이다. 아이는 이렇게 답했다.

"엄마가 슬픈 게 속상해요. 엄마가 이 노래를 들으면 다시는 죽지 않을 것 같아서요."

이 얘기를 듣고 있던 엄마는 아이에게 달려와 흐느낀다. 그 발표회가 있기 몇 주 전, 로라는 자살을 시도했다. 몇 해 전의 시도까지 벌써 두 번째. 아이가 모르고 있는 줄 알았지만 아이는 알고 있었다. 늘 슬픈 엄마의 얼굴, 밤새 눈물에 젖으며 흐느껴 울고, 아파 누워 있는 엄마에 대해서 말이다. 자신이 올드한 노래를 불러 주고, 기쁘게 야채 햄버거를 먹으면 엄마가 울지 않을 거라고 믿었던 그 소년의 마음을 엄마는 알지 못했던 것이다.

이 이야기는 십여 년 전에 상영되었던 〈About a boy〉라는 영화의 줄거리를 다시 각색한 내용이다. 당시 내가 좋아한 휴 그랜트가 옆집 아저씨로 나오는 영화여서 봤지만, 엄마의 문제가 자신만이 아니라 아이에게까지 얼마나 심각하게 영향을 미치는지를 잘 그려내어, 상담을 공부하던 나에게 깊이 인식되었다. 그래서 오래도록 기억에 남는 영화다.

영화 속에서 아이는 엄마의 즐거운 모습을 기대했다. 그러나 엄마는 아빠가 떠난 후 계속 그렇게 어둡게만 지내왔다. 무기력한 엄마, 술에 절어 있고 삶의 희망이 없는 엄마, 우울한 엄마로 인해 아이는 병들고 있었다. 그럼에도 옆에서 자신만이 엄마의 마음을 즐겁게 해 줄 수 있다고 믿었다. 왜냐고? 엄마가 수없이 아이에게 "너 없이는 살 수 없다."고 말했으니까. 그래서 아이는 자신의 생각, 자신의 시간과 활동을 하기보다 모든 것을 엄마에게 맞추었다. 그래서 소년은 그 나이 또래의 다른 아이들처럼 될 수 없었다.

로라의 삶은 참 딱하다. 자신을 버리고 떠난 남자… 영화 속에 잘 나타나지 않았지만 아마 그녀의 부모도 그녀를 살갑게 대하지는 않은 것 같다. 외롭고, 서럽고, 안정적이지 않은 직업, 가난한 생활, 홀로 아이를 키우는 여자에 대한 편견과 경계심, 별로 웃을 일이 없는 자신의 삶이 한탄스러울 수 있다. 술과 울음으로 지내는 어두운 삶, 그녀가 자신의 아이를 제대로 돌볼 여력이 없는 것은 당연할지 모른다. 그녀에게 주어진 삶의 무게에 비해 자신이 기댈 곳은 어디에도 없었다. 친절한 이웃 아저씨가 나타나기 전까지는 말이다.

아마 영화 속 로라가 아닌 현실의 엄마들도 마찬가지라고 생각한다. 물론 로라와 같은 상황은 아니더라도 아이를 놓고 버둥거리며 오늘도 한숨을 쉴지 모른다. 아이와 실랑이하고 아무리 열심히 해도 티도 나지 않는다. 내 삶의 주역이 되어 살기보다는 엄마가 된 그 순간 가족을 위한 조연으로 살기 시작했다. 나는 여자로서, 한 사람으로서의 삶을 포기한 것 같다. 그런데도 내게 돌아오는 건 칭찬보다는 더한 기대와 의무다. 나의 삶은 어디가고, 나의 행복은 어디로 갔을까? 이런 생각에 힘겨워하는 엄마들이 많을 것이다.

서글프고 속상한 로라의 마음은 잘 알지만 그래도 그 이름도 대단한 엄마이기에 로라는 좀 더 강해져야만 한다. 적어도 엄마이기에 아이가 애어른이 되어 거꾸로 엄마를 걱정하고 돌보는 상황으로는 가지 말아야 한다. 아니 아이가 평생 '엄마가 나를 버릴지도 모른다', '엄마가 나를 떠나 죽을지도 모른다'는 공포와 두려움을 안고 살게 하는 건 큰 죄다. 엄마의 목숨은 혼자만의 목숨이 아니기 때문이다. 나를 세상의 전부로 알고 있고, 나만 믿고 있는 아이와의 삶이 같이 연결되어 있기 때문이다.

엄마의 울고 웃음이 아이에게 얼마나 큰 영향을 미치는지 아는가? 엄마의 오늘 시선이 자신을 향하고 있는지 다른 누군가를 향하고 있는지에 따라 아이의 존재 가치가 달라진다는 걸 아는가? 엄마가 부드럽고 따뜻하게 대해 주었는지, 화내고 신경질 냈는지에 따라 아이의 기분은 천국과 지옥을 오간다. 아이가 태어날 때부터 그 아이의 살고 죽음이 엄마에게 달려 있었기 때문이다. 엄마가 제때 젖을 주느냐, 눈 마주침을 해주느냐, 자주 안아주는가에 따라 아이는 세상에 떨어진 공포와 두려움을 이기게 되고, 그 두려움을 넘어서 이 땅에 잘 태어났는지, 사랑 받을 존재인지를 인식하기 때문이다.

엄마의 불안함, 상처를 모른 척해서는 안 되는 이유가 바로 여기에 있다. 나는 아이의 얼굴에서 엄마의 불안을 본다. 아이는 엄마의 거울인 셈이다. 온전히 전이된 불안은 아이의 빛나는 웃음을 조금씩 잠식해 나간다. 엄마 자신이 행복하기 위해서라도, 그리고 아이의 건강하고 온전한 성장을 위해서라도 엄마의 불안한 마음을 들여다볼 필요가 있다. 다시 말하지만 엄마의 건강은 가족의 건강이고, 엄마의 행복은 가족의 행복이다. 엄마의 미소는 아이의 미소다. 내가 행복을 가족에게 날려 줄 때 가족이 또 나에게 더 큰 행복을 실어서 돌려주지 않겠는가.

이 책에서는 엄마가 불안해지는 이유와, 엄마의 불안함이 가족에게 어떤 영향을 미치는지를 살필 것이다. 그것을 통해서 엄마의 행복이 왜 중요한지 더 깊이 생각해볼 수 있을 것이다. 엄마가 안정을 찾을 때 다양한 모습으로 엄마를 괴롭히던 요인들이 바뀔 수 있음을 보게 될 것이다. 당신은 더 이상 혼자가 아니다.

누구도
내 마음에는 관심이 없다

　　순이 씨는 최근 상담실에 와서 하소연을 한다. 중학교 3학
년 아이가 눈을 부라리면서 엄마에게 욕을 한다는 것이다. 패륜아가
아니냐고 동의를 구한다. 어떻게 엄마에게 욕을 하고 밀치기까지 하
느냐고. 이런 애를 어디다 보내 버렸으면 좋겠는데 방법은 없느냐며
말이다. 순이 씨는 이야기하면서도 분노가 올라오는지 몸을 부들부들
떨었다. 아이와 매일 싸우는 게 일이고, 아이는 집에도 매번 늦게 들
어오고 공부는커녕 노는 아이들과 몰려다닌다고 한다. 최근에는 PC
방을 하도 가기에 용돈을 끊었더니 엄마 지갑에 손을 댔다. 둘째 아이
는 공부를 잘하지는 않아도 말썽은 피우지 않는데 도대체 큰애는 왜

이런지 모르겠다고 호소한다. 청소년기가 되면 다 이런 거냐고 하면서 말이다.

40대 후반인 순이 씨의 첫 인상은 고단함이었다. 마음이 낡은 걸레처럼 해진 지도 오래되었으나 누구도 그녀의 마음에 눈을 맞춰 얼마나 아픈지 보지 않는다. 그녀의 남편은 일에 바쁘고 집에 들어오면 "여편네가 아이들 하나 제대로 돌보지 않고 뭐하냐"고 타박한다. 그래, 그런 타박은 그래도 참을 수 있다. 더 참을 수 없는 건 "다른 마누라들은 집안 경제를 거든다고 맞벌이를 하면서 아이들도 잘만 키우는데 넌 집에서 돈만 축내고 하는 게 뭐가 있냐?"라는 말이다. 순이 씨는 울컥하고 억울한 마음이 차고 올랐다. 아이와 씨름하며 자신을 함부로 대하는 아이 뒤를 쫓아다니며 이 일 저 일 사고 수습하기도 바쁘다. 그런데 이제는 내가 집에서 돈만 축내고 있다는 말이나 들어야 하나 싶은 것이다.

남편에게도 사실 불만이 많다. 남편이 그럴 때마다 순이 씨는 이런 생각에 휩싸인다.

'자기는 아이들의 일에 전혀 나 몰라라 하면서 가끔 용돈이나 주면 다인 줄 아나. 내가 도와달라면 애들에게 소리 지르고 때리는 게 전부면서, 툭하면 마누라가 어쩌고저쩌고….'

<u>매일 남편의 무시에 천불이 난다.</u> 순이 씨 역시 밖에 나가서 일하고 싶은 마음이다. 하지만 일하고 싶어도 나이 든 그녀를 받아 주는 곳이

별로 없다. 이럴 줄 알았으면 대학이라도 제대로 나오는 건데 싶단다. 남편이 말하지 않아도 자괴감에 자기 스스로도 한심해서 못 견디겠다는 것이다.

엄마들은 아이의 문제로 상담실에 들렀다가 자신에게 연약함이 있음을 보게 된다. 엄마들은 대부분 자신의 마음을 위해 시간과 돈을 들여서 살핀다는 생각은 애초에 하지 못한다. 나보다는 가족 우선의 생활이 이어지면서 점점 '나' 위주의 고민과 이슈들은 밀려나기 시작한다. 하지만 상담을 하다 보면, 많은 부분이 바로 엄마의 불안, 이유를 알 수 없는 정체불명의 불안으로부터 비롯되는 불씨임을 알게 된다. 엄마는 나 자신으로 살기가 어렵다. 엄마로 사는 삶에서 지킬 것이 더 많아지고 소중한 것이 더 많아지기 때문이다. 나 자신은 아프더라도 내 자식, 내 가족만은 지켜야 하기에 원인을 알 수 없는 불안은 커져 간다.

괜찮다. 불안이라는 것 자체가 완전히 잃어버렸다는 좌절이 아니라 싸우겠다는 의지이기 때문이다. 아직 잃지 않아서 지켜야 한다는 빨간 경고등이다. 소중한 어떤 것을 보호하겠다는 일종의 경고 사인이다. 물론, 엄마로서의 욕구와 나의 중요한 어떤 것을 지키려는 욕구가 서로 충돌되어서 불안이 커질 수도 있다. 현실의 나와 이상적인 나와의 괴리가 커질 때에도 불안이 커진다. 내가 생각하는 가족의 모습과 현실의 가족의 다른 모습에서도 불안이 커진다. 불안의 크기에 비해서 내게 이길 힘이 너무 작으면, 불안은 제대로 다뤄지지 못한 채 또 커져간다. 내가 더 단단하고 더 괜찮은 사람이라는 믿음이 있으면 불안을 이기는 데 큰 힘이 되지만 그렇지 않을 경우, 불안은 버겁기만 하다. 얼마 안 되는 기름으로 자동차가 언제 멈출지 조마조마해하며 고속도로를 달리는 것처럼, 불안과 함께 살게 된다. 아무리 급하더라도 기름이 바닥나면 더 이상 갈 수 없다. 나의 자존감이 낮다면 아무리 작은 불안도 이기기는 힘들다. 내 일이 뭐가 그리 시급하냐고? 지금은 아이가 먼저이지 내가 뭐 그리 소중하냐고? 엄마의 불안이 아이에게 미치는 영향력이 얼마나 상당한지를 살펴본다면 불안을 그리 쉽게 넘기지는 못할 것이다. 그리고 불안을 다루려면 반드시 '나'에게 관심을 갖고 내 자존감을 세워나가야 한다.

순이 씨는 자괴감과 남편에 대한 원망감이 아이들에게 모진 소리로 되돌아가고 있음을 알게 되었다. 나도 외롭고, 힘들고, 울고 싶은데… 간신히 버티고 있는데 내 속에서 나온 내 애들마저 내 맘을 몰라주다니 무척이나 속이 상한 모양이다. 순이 씨의 메시지를 정리하면 "안 그래도 힘든데 애들마저 힘들게 하는 이 상황을 견딜 수 없다. 그러니까 아이들은 어디 안 보이는 데로 잠시만 사라져줬으면"이다. 이런 마음으로 아이들을 대하니 좋은 소리, 밝은 표정이 나갈 리 없을

터다. 아이들에게 나가는 건 심한 잔소리와 경멸의 눈빛이다. 또 화와 짜증이다. 당연하게도 그 짜증과 분노를 받은 아이들은 다시 더 큰 강도로 돌려준다. 당연히 순이 씨의 마음에는 더한 분노와 불안이 채워질 수밖에 없다.

불안이 커가는 엄마의 마음 저변은 이러하다. 부정적인 감정과 예측이 반복되어 두려움이 점점 돌덩이처럼 크고 단단하게 바뀐다. 그 돌덩이를 피하고 싶은 마음이 들게 되어 회피를 택한다. 그러다 보니 더 문제는 해결할 수 없는 것처럼 여겨져 자존감이 낮아진다.

어찌 보면 당연하다. 누구도 엄마의 마음에는 관심이 없으니 말이다. 관심은커녕 무시를 하고 있으니 문제 해결은 안 되고, 부정적인 감정은 차곡차곡 쌓일 수밖에 없다. 남편과의 갈등을 제대로 해결해 볼 엄두를 내지 못하고 피하기만 하다 보니, 그 자체가 더 큰 불안을 몰고 온다. 엄마는 자신도 모르게 그 스트레스를 상대적으로 만만한 다른 가족에게 전달하게 된다. 그 대상은 주로 아이가 되는 경우가 많다. 해결되지 않은 감정이 아이에게 고스란히 전달되는 셈이다.

불안한 엄마들은 아이가 보내는 일말의 문제 증상에 집중하는 경향이 있다. 순이 씨도 마찬가지였다. 아이의 다른 긍정적인 부분보다는 미미한 부정적인 면에 온 신경이 집중된다. 그리고 그 증세만 없으면 아이 문제가 없어지는 거고, 그럼 나는 마음의 쉼을 얻는다고 믿는다. 마치 아이가 아프면 병원으로 달려가 주사 한 방에 아이가 조용히 잠을 자는 것처럼, 마음의 문제에서도 그런 효과를 기대하는 것이다. 하지만 아이들의 문제는 아이만의 일이 아니라, 우리 집의 오래된 상처를 고쳐 달라고 보내는 시급한 신호일 때가 더 많다. 이럴 때는 아이들의 상처를 치료하기 위한 상담도 진행되지만, 궁극적으로 그 증상을 일으키는 다른 병인(病因)을 찾아서 정리해주어야만 한다.

상담을 하다 보면 그 병인은 대부분 부모에게서 나타난다. 부모들의 갈등, 자신의 연약함, 상처, 불안, 두려움 같은 것이다. 그 밖에 그 부모를 둘러싸고 있는 환경적, 물리적인 부분들이 깊게 곪아 있을 때도 많다. 어떤 경우는 3세대까지 위로 올라가서 원인을 찾아야 할 때도 있다. 어쩌면 지금 그 가정을 흔드는 경제적인 사건이거나 다른 주요 사건일 때도 있다. 이를 테면 남편의 외도나, 조부모가 중한 병에 걸려서 간병을 해야 한다거나 하는 스트레스가 급증하는 문제들 말이다.

아이, 남편, 시부모, 친정, 시댁식구들, 경제적 문제, 직장(일)과 항상 연결되어 있는 것은 엄마라는 이름이다. 그 와중에 엄마 자신의 문제들도 있다. 인생 삼사십 대에 이뤄야 할 발달 과업들, 이를 테면 인격적 성숙과 자아 성취, 경제적인 기반도 탄탄히 구축해야 하고 사회적인 관계망도 만들고, 후배를 잘 가르치거나 자녀를 잘 가르치는 능력을 갖추는 일, 가족을 건실하게 만드는 일 등도 기다리고 있다. 그런 과업들이 미뤄지다 보니, 점점 마음의 부채감은 커진다. 불안한 관계와 사회 속에서 나라는 사람의 중심 잡기는 점점 더 힘들게 느껴진다. 소위 말하는 나이 값이라는 게 스트레스가 되어오는 것이다. 이런저런 불안과 스트레스 사이에서 엄마들은 '누가 내 마음 좀 알아주는 사람 없나?'하는 기대를 갖게 된다. 누군가 이 마음을 위로해주었으면 하는데 옆에 있는 내 짝마저 나를 외롭게 한다. 같이 있어도 더 외로운 공허함을 누가 알까.

분명한 것은 엄마가 회복되어야 한다는 것이다. 불안이 커서 이겨낼 힘이 없다 할지라도 말이다. 왜냐하면 엄마가 편안해질 때 덩달아 아이들도 편안하고, 엄마를 둘러싼 상황적 문제들도 해결이 된다. 수많은 엄마들을 만나면서 상담자인 내가 느낀 한 가지는 바로 이것이다. 수많은 사연 속에서 울고 있는 엄마들의 회복이다. 그 엄마들이 여유를 갖고, 그래서 자신의 상황을 좀 더 다른 각도로 둘러볼 수 있다면, 생각보다 많은 변화가 일어난다. 문제를 보는 시각과 태도가 달라지기 때문에 아이들에 대해서도 다른 방법으로 다가갈 수 있다.

불안의 몇 가지 단서, 잔소리와 기대

　　예쁘게 치장된 옷차림의 미연 씨는 마음이 급해 보였다. 마치 꼭 해야 할 일을 못 마친 것처럼. 예쁘게 화장된 눈은 충혈되어 있었다. 미연 씨는 한눈에 보기에도 매우 피곤해 보였다. 그도 그럴 것이 그녀는 걱정에 잠도 제대로 이루지 못한다고 했다. 스트레스가 쌓이는지 식은땀이 나기도 한단다.

　　대부분의 엄마들처럼 그녀도 처음에는 아이의 문제로 상담실을 찾았다. 미연 씨는 상담 초기 어떻게 하면 착한 큰 아들이 되게 하느냐고 물었다. 그녀가 말하는 착함의 기준은 PC방 조금만 가고, 알아서 게임을 줄이는 거란다. 엄마가 말하면 무엇이든 즉시 실행하고, 바로

"예."하고 공손하게 말하는 것이다. 학교에서는 친구들과 잘 지내고 공부시간에 집중해서 성적도 올렸으면 좋겠다고 말했다.

전형적인 엄친아 같은 기대를 말하면서도 미연 씨는 이 모든 것을 지긋지긋하게 느끼는 듯했다. 매우 모범적인 아이로 키우려는 통제적인 모습을 보이면서도, 얼른 아이를 키우고 덜 신경 쓰려는 회피적인 모습을 보였다. 엄마로서의 의무를 외면하기는 어렵고 얼른 끝내고 싶은데 그러질 못해 스트레스가 극에 달한 모습.

엄마의 상황이 이렇게 스트레스로 가득하다 보니, 당연히 가족과의 관계에도 삐거덕 소리가 나기 마련이다. 게다가 그녀는 아이에게 매우 큰 기대를 가지고 있었다. 아이가 그 기대에 부응하려면 긴 시간이 걸리는데, 그 기간을 기다려 줄 수 있어 보이지도 않았다. 미연 씨는 아이에게 수시로 잔소리를 해대며 자신의 조급함을 표출했다.

나는 그녀의 급한 마음을 달래면서, 그녀 자신의 문제로 집중하도록 돕기 위해 먼저 상담 목표를 낮추었다. 우리는 우선 아이가 엄마에게 소리 지르는 것만 다루기로 했다. 중요한 것은 미연 씨의 불안이 아이에게서 오는 것이 아님을 알아채는 것이었다. 그러기 위해서는 자신의 상황을 객관적으로 볼 수 있어야 한다. 그런데 불안해하는 사람들 대부분은 자신을 객관적으로 바라볼 여력이 없다는 것이 문제이다.

나는 그녀에게 물었다. "아이에 대해 무엇이 가장 불안하세요?" 그녀는 한참 동안 침묵하더니 "아이가 이렇게 지내다가 공부와 담을 쌓고 아예 공부를 하지 않을까 걱정이에요."라고 말한다. "그렇죠…. 우리 아이가 공부를 하지 않으면 걱정이 되기는 하죠. 그런데 그게 그렇게 중요하고, 어머니가 아이에게 소리를 지르는 중요한 이유인가요?" 그녀는 또 다시 침묵한다. 그리고 이내 "공부가 얼마나 중요한데요, 내가 공부를 더 하지 못해서 잘 알아요."라고 말한다.

자기 관리도 잘하고 부족한 것이 없어 보이는 그녀에게는 내가 예상치 못한 잘못된 신념이 있었다. 그녀는 남편에게 무시 받는 것이 지겹고, 무시 받는 모든 이유는 자신이 공부를 더 하지 못했기 때문이라는 신념을 가지고 있었다. 남편이 "집에서 애 하나도 잘 못 보냐?"라고 던지는 말이 마치 그녀에게는 "다른 전문직 여성들처럼 공부 좀 하지 그랬냐!!"라고 들리는 것 같았다. 동창들 가운데 공부를 더 한 친구들을 만날 때면 위축되기도 했다. 동창들과 헤어져 집으로 돌아가는 길에 안 그런 척 오버했던 행동이 떠올라 스스로를 괴롭혔던 적이 한두 번이 아니다. 살갑지 못한 남편의 말은 그녀가 평소 지녔던 열등감(공부를 더 하지 못했던 것에 대한 열등감)과 짝이 되어 그녀를 더 불안하게 했던 것이다. 그렇게 잠재되어 있던 불안들이 아이가 태어나고, 그녀가 엄마가 되면서 폭발적으로 나타나기 시작했다.

그녀는 아이의 행동에서 부정적인 미래를 계속 보는 듯했다. 공부를 등한시하는 아이의 행동이 못마땅하고, 일일이 더 재촉하고, 간섭한 것은 이런 불안에서 비롯되었음을 알 수 있었다. 공부도 못한 여자는 애도 잘 못 키운다는 얘기를 듣고 싶지 않은 마음이 드는 거고, 내가 전문직 여성은 아니지만 애 하나는 똑 부러지게 키웠다는 얘기를 통해 보상받고 싶었다. 그렇기 때문에 그녀는 아이의 행동에 더 불안해졌고, 그 불안이 현실이 되지 않기 위해 아이를 심하게 재촉했다. 알다시피 현재는 그녀의 불안이 예언처럼 맞아떨어진 상황이지만.

이렇게 하나의 불안은 진짜 불안한 현실을 만들고, 그 불안한 현실은 다시 또 다른 불안을 만들면서 삶의 패턴을 강화시킨다. 그녀가 가지고 있는 신념… 글쎄 그 신념은 맞다고 할 수 없지 않을까. 그녀가 스스로 가지고 있는 '공부를 더 했더라면' 하는 열등감이 정말 공부를 더했으면 채워졌을까. 공부를 더 한 여성은 모두 전문직 여성이 되는 건가. 전문직 여성은 진짜 애들을 똑 부러지게 키우나? 이런 질문을 해본다면 그녀가 가지고 있는 신념이 그다지 정확하지 않다는 걸 알 수 있다.

상담을 하면서 그녀는 '아들이 공부를 잘하지 못하는 것에 자기 스스로가 한심해 일찍 포기해버리고, 컴퓨터로 도피하는 건데 엄마가 그것도 못하게 하니 더 심하게 반항한다'는 것을 이해하였다. 그래서 아이와 덜 부딪히기 위해서 간섭을 줄여가기로 했다. 먼저, 엄마의 "하지 마라, 해라"의 두 가지에서 파생되는 잔소리를 조금만 줄이도록 약속하였다. 어느 한 날을 기준으로 잔소리하는 내용을 모두 적어 보게 과제를 내주었다. 그녀는 그 작업을 통해 자신이 생각보다 잔소리를 많이 하고 있음을 알게 되었다. 미연 씨는 그중 중요하고 절대 양보할 수 없는 4가지에 대해서만 잔소리를 하기로 하였다. 그렇게 진행된 몇 주 후에 미연 씨는 상담실에서 모처럼 밝은 표정을 지으며 들어왔다. 아이가 요즘 조금 부드러워졌다고 하면서 말이다. 아이가 변해서 마음의 여유가 생긴 것인지, 엄마의 태도가 바뀌어서 마음에 여유가 생긴 것인지는 잘 모르겠다. 하지만 미연 씨는 아이의 급한 증세가 가라앉았기 때문에 자신의 문제로 집중할 수 있었다.

내가 엄마들에게 권하고 싶은 것은 이것이다. 스스로 이루지 못한 일에 얽매여서 자신의 평가를 하락시키지 말았으면 한다. 현재 있는 것에 감사하고, 나의 좋은 점을 찾아 더 괜찮은 나라고 위로해주었으면 한다. 공부라는 좁은 시야에서가 아니라 넓은 인생 전체에서 미연이라는 나 한 사람을 본다면, 내가 생각보다 괜찮은 사람이고, 어려움을 이겨낸 강한 사람이라는 걸 볼 수 있을 것이다. 그리고 그런 자신을 칭찬해주길 바란다. 남편이 나를 칭찬해주기만을 기다리지 말고 말이다. 그들의 그릇으로 품지 못할 만큼 나는 더 큰 사람이라고 생각해보는 건 어떨까.

엄마인 당신은 이미 이룬 것이 많다. 가정의 수많은 사건과 사고 속에서 당신이 아니었으면 지금의 가정이 있지도 못했다. 당신에게는 자녀를 위해 물불을 가리지 않는 적극성과 남편을 품어주는 넓은 마음이 있지 않은가. 생활 속에서 빛나는 아이디어와 지혜로 우리 삶을 윤택하게 하지 않았는가. 가장 강한 이름은 엄마니까. 그 이름만으로도 당신이 이룬 것은 이미 많음을 잊지 말았으면 한다.

내 모습과 똑같은 아이가 싫다

상담을 받던 청년이 어깨를 들썩거리고 운다. 한참을 울더니 이렇게 털어놓는다.

"엄마는 왜 나를 그렇게 미워하는지 모르겠어요. 형이 공부를 잘하기는 하지만 오히려 엄마에게 더 소리 지르고, 막 대하는데…. 나는 내가 알아서 컸고 오히려 알바해서 집에 보탬이 되면 되었지, 사고 친적도 한 번도 없고…. 얼마나 내가 애썼는지 알아요?"

그는 나이 스물이 되어서도 여전히 서럽기만 하다. 자라는 내내 엄마의 따뜻한 말 한마디가 그리웠는데…. 엄마에게 그렇게도 사랑받고 싶고 애를 썼는데 항상 엄마의 눈은 형을 향해서 웃고 있었단다.

이제는 지쳐서 더 이상 잘하고 싶지도 않다고 한다. 맘대로 살고 싶어서 열일곱 살에 집을 나왔다. 하지만 돈을 걱정할 엄마를 생각하니 마음이 짠했다고 한다. 나는 아이가 저 살기도 바쁠 텐데 엄마를 생각하는 마음이 참 기특했다. 아이는 하루 15시간씩 힘들게 알바해서 모은 돈을 엄마에게 다 보냈다고 했다. 하지만 엄마는 "애썼다."는 한마디가 없단다. 그 돈은 형의 대학 학자금으로 보태졌다. 그때도 그 흔한 "밥은 먹고 다니냐?"는 말도 없이 "돈 잘 받았다."는 한마디뿐이었단다.

아이의 고백을 듣고 있자니, 엄마가 너무했다 싶었다. 왜 이토록 둘째를 소홀히 하고 첫째만을 감싸는 걸까. 이유도 알지 못한 채 둘째 아이는 가족에게 부적절한 존재가 되어 간다. 가족에게 부적절한 존재로 취급당하면 자신의 삶도 부적절하다고 생각하게 되는 건 당연한 수순이다. 그리고 삶의 희망보다는 포기와 좌절에 더 익숙해진다.

엄마들은 가족에게서 존재감이 없는 듯하고, 나 자신이 없어진 느낌에 우울해지곤 하지만, 엄마의 행동은 가족(특히나 아이, 중노년에 이르면 남편)에게 이렇게나 위력적이다. 엄마가 불안한 마음을 회피하지 않고 직시해서 넘어서야 하는 이유도 바로 여기에 있다. 분명한 것은 아이의 얼굴을 통해 엄마의 불안이 잘 나타난다는 것이다. 아이와 엄마의 손에 걸린 영혼의 붉은 실은 생각보다 단단하다는 것을 엄마들은 알고 있을까.

나는 그 아이의 서러움이 느껴져서 마음이 아팠다. 그리고 아이를 편애하는 엄마의 각박한 마음 또한 가슴이 아팠다. 그 엄마의 마음 상태는 아이보다 크게 낫지 않으리란 걸 눈치 챌 수 있었다. 그리고 나는 상담을 진행하면서 아이의 눈을 통해 엄마를 좀 더 자세히 알게 되었다.

엄마 영숙 씨는 어릴 적 아이의 외할아버지에게 자주 혼이 났다고 한다. 혼이 난 이유는 아주 다양했다. 굼뜨다고, 잠이 많다고, 뚱뚱하다고, 빨리빨리 알아듣지 못한다고 등등. 이모는 셈이 빠른데 엄마는 셈도 느리고, 한글도 늦게 떼었단다. 그래서 대학도 못 갔고, 외할아버지가 하는 과일 도매상에서 경리일을 보다가 아버지와 결혼을 했다. 아이는 자신도 어릴 적부터 엄마에게 그런 소리를 많이 듣고 자랐다고 했다.

자! 알고 있는 내용을 토대로 소설을 써 보자. 영숙 씨는 지금 자기 자신에 대한 긍정감이 현저히 떨어진 상태일 것이다. 어릴 적부터 자신의 동생과 늘 비교 당한데다가 꾸중과 지적을 받으며 자라왔기 때문이다. 영숙 씨의 행동, 선택, 판단 등은 가족, 특히 외할아버지에게 언제나 부정적인 피드백을 받아왔을 거다. 그 과정에서 영숙 씨는 자신의 선택에 대한 확신이 없어졌고, 그런 상황에 놓이면 불안함을 느끼게 된 것이다. 자신의 선택이나 판단에 대해 늘 부정적인 미래만 그려보게 되었을 것이다. 그리고 그런 그녀가 엄마가 되었다. 자신과 닮은 구석을 보인 둘째 아이의 행보에 부정적인 반응을 보인다든가, 지지하지 않는 것은 아마도 이러한 자기 불안과 불신에서 출발한다.

불안이라는 감정은 어떤 문제를 해결할 의지를 아예 앗아간다는 점에서 매우 위력적이다. 영숙 씨 또한 자신이 느끼는 문제를 스스로 해결하기보다는 누군가 해결해주기를 하염없이 기다리는 쪽을 택했다. 영숙 씨는 과일도매상 경리를 하면서 자신의 삶이 단조롭고 싫었다. 새벽이면 청과물 시장에 나와서 문을 연다. 곁눈질을 연신하며 손가락을 들었다 폈다 거래 사인을 보내는 사람들 사이에서 남자들과 함께 물건 나르고 돈을 세고 거슬러 준다. 이른 아침 도매가 끝나면 커피 한 잔 마시며 거래명세서와 현금을 정리한다. 잠시 쉬었다가 은행에 들리고 점심을 먹는다. 오후에 소매를 열고 분주하게 하루가 그렇게 간다. 함께 상고를 나온 친구들은 은행이네 S그룹 계열 회사의 직원이네 하며 꽃단장의 모습으로 출근하는데 자신은 청과물 시장에서 작업복을 입고 경리를 본다. 열등감과 함께, 현실을 벗어나고 싶다는 욕구가 강해지면서 결혼은 유일한 현재의 탈출구가 되었다.

그랬던 그녀는 지금 두 아이의 엄마다. "남편 복 없는 여자는 자식 복도 없어"란 말을 달고 사는 냉소적인 엄마. 영숙 씨는 단골이었던 K마트 청과물 코너 직원과 결혼했다. 남편은 유쾌하고 재미있고 사람을 좋아하지만 반면 술 좋아하고, 밤늦게까지 유흥에 빠지는 일이 많았다. 집에 생활비를 주지 않고, 들어오지 않은 적도 많았다고 한다. 모든 문제가 다 남편에게 있었을지는 모를 일이지만, 영숙 씨는 큰 애가 초등학교 6학년 때, 둘째가 5학년 때 이혼을 했다. 유흥으로 빚에 쪼들린 남편은 애들 양육비를 줄 수 없었고, 영숙 씨는 홀로 아이들을 양육했다. 영숙 씨의 현재는 또 벗어나고 싶은 무엇이 되어 버렸다. 그리고 유일한 탈출구가 이번에는 큰아이였다.

자, 현실로 돌아오자. 영숙 씨는 지금 복잡한 심경일 것이다. 우선 둘째 아이가 자신의 삶처럼 살까 봐 하염없이 불안하다. 자신의 우울한 삶이 싫은 것처럼 나랑 닮은 모습을 한 듯한 둘째가 싫었을 것이다. 나와 닮은 아이가 내 앞에서 엉망진창이 되어버린 내 삶의 모습을 거울로 보여주고 있다. 어떻게 화가 안 날까. 영숙 씨는 이따금 심장이 두근두근 뛰는 것을 느낀다. 어쩌면 아이에게 쏟아내는 화는 나에 대한 화였을 거다. '내가 싹싹하고 더 빠릿하게 살았더라면 그 따위 남자를 만나지는 않았을 텐데'가 그녀의 한이었을 것이다. 지금 내 눈 앞에 있는 둘째는 나의 과거이며 현재이다. 그리고 미래다.

하지만 영숙 씨가 반드시 알아야만 하는 것이 있다. 불안으로 인해 두려워지고, 분노가 되는 악순환은 영숙 씨 스스로 끊어야만 한다. 물론 그녀의 삶이 충분히 안쓰럽고 이해가 된다. 근본적인 원인으로 타고 가자면 그녀의 원 가족에게 책임을 물어야 할 수도 있다. 하지만 변화는 역시 그녀의 몫이다. 누군가에게 기댈 것이 아니다. 또 영숙 씨가 잘못 알고 있는 한 가지가 있다. 남편을 잘못 만난 것이 마치 자신의 못난 모습 때문이라고 생각하는 것이다. 이것은 자신이 제대로 배우지 못해 시장 바닥에서 막 살아왔다는, 아주 오래된 자기 비하감에서 비롯된 생각들이다. 지나친 생각은 불안을 더욱 조장한다. 이제 그런 왜곡된 생각보다는 현재를 봐야 할 때인데 말이다. 그녀의 생각대로라면 번듯한 직장에 다니는 사람의 배우자는 모두 그렇게 젠틀할까? 상담 현장에서 나는 그렇지 않은 경우를 더 많이 보았다. 영숙 씨에게도 자신만의 매력이 있고 좋은 면모가 있을 텐데 그 부분은 지나치고, 부정적인 부분에만 집중하고 있다. 이제 그 왜곡된 생각을 바로해야 할 때다.

결과적으로 영숙 씨는 자신을 긍정하지 않는 모습에서 그치지 않고, 아이에 대한 편애라는 더 큰 굴레를 만들어 버렸다. 아이는 지금 절박한 마음으로 삶의 이유를 찾고자 애쓰고 있다. 비록 영숙 씨는 자신의 삶이 그랬을지라도 엄마가 된 이상 그것을 아이에게 대물림해서는 안 된다. 지금 보이는 거울이 자신의 모습과 같다고 하더라도 아이는 자신과 다른 독립된 존재임을 알아야 했다. 자신과 아이를 분리했어야 했다. 아이는 소중한 선물이지 않은가. 당신과 똑같든, 당신과 다르든…. 아이는 내가 아니다. 그냥 아이는 엄마의 사랑이 필요하고 그걸 전부로 알고 있을 뿐이다.

나에 대한 화를 아이에게 풀어 버리면, 엄마는 아이의 평생에 씻을 수 없는 상처를 주는 것이다. 거부감, 그것은 가장 맞닥뜨리고 싶지 않은 인간의 감정이다. 거부감을 지속적으로 받은 그 아이는 자신을 부적절한 사람으로 보게 된다. 아이가 자기 자신을 싫어하게 된다면, 그래서 그 아이를 잃게 된다면 엄마는 더 큰 절망 속에 살아갈 수 있음을 꼭 알아야만 한다.

간절하면 간절할수록
아이는 뜻대로 자라지 않는다

　　여자가 남자보다 불안장애에 빠질 확률이 두 배가 넘는
다는 수치가 있다. 그 수치를 차치하고서라도 우리 주변에는 실제로
불안에 빠진 남자보다 불안에 빠진 여자를 훨씬 더 많이 볼 수 있다.
불안이라고 하면 일상에서 무슨 말인지 확 와 닿지 않는가? 그럼 걱
정이라고 말을 바꿔보자. 우리는 걱정이 많은 남자보다 걱정 많은 여
자를 훨씬 많이 본다. 롤을 입혀보자. 우리는 걱정이 많은 아빠보다
걱정이 많은 엄마를 훨씬 더 많이 본다. 왜 그럴까?

　　여자가 남자보다 더 관계에 민감하기 때문일까? 아니면 여자가 태
초부터 동굴 안에서 누군가를 보호하는 롤을 맡아왔기에 그런 건가?

사회적으로 여자의 처지가 문제 해결을 능동적으로 해나기보다는 수동적으로 참고, 견디고, 겸손하게 지켜보기를 미덕으로 삼아왔기 때문일까?

불안에 대한 시각은 매우 여러 가지지만, 내가 생각할 때는 '남자'라는 체면 때문일 수도 있을 것 같다. 걱정 많고 불안이 많은 남자는 약해 보일 거니까. 한 가정의 가장으로서 약한 모습을 보이는 건 자존심이 상하는 일이고 그 모습은 남자들 사회에서는 더욱 견디기 힘든 일일 것이다. 또 남자들도 불안을 느끼지 않는 것은 아니나 표현의 차이가 있을 수도 있다.

어쨌든 우리는 어떤 문제에 대해 자기 스스로 해결하지 못할 거라는 생각에 빠지면 불안해진다.

'이런 일이 벌어지면 어쩌지? 난 아무것도 하지 못할 거야. 난 그대로 당하고 말 거야.'

이러한 생각이 꼬리에 꼬리를 물면 불안해지고 두려워지는 것이다. 그리고 여자의 생애에서 '엄마가 되는 순간'에 이러한 불안은 한층 세기를 달리해 커진다. 나보다 더 소중한 누구를 지켜야 하니까.

아이가 생기면서 겁이 많아졌다고 고백하는 엄마들이 많다. 이전에는 아무렇지 않아 보였던 골목길도, 아이를 키우다 보니 차가 매우 쌩쌩 달리는 것 같고, 외진 느낌으로 다시 보인다. 험한 세상에 비해 내 아이는 너무 작고 연약해서 내가 하염없이 지켜주어야 할 것만 같다. 뉴스에 보도되는 세상사에도 부정적인 뉴스만 더 눈에 뜨여 걱정이 늘어난다. 아이를 조심시키고, 강하게 키우기 위해 부단히 노력하게 된다.

이런 측면에서 보면 엄마의 불안 자체는 어쩌면 더 따뜻한 색을 지닌 감정이 아닐까 라는 생각도 해보게 된다. 하지만 문제는 늘 그 다음이다. 무한 경쟁 시대에 내 아이가 강하게 자라게 하려고 애쓰는 엄마들. 내 아이만큼은 힘겨움 없이 편하게 살았으면 하는 엄마들. 그러다 보니 내 아이는 '내가 바라는 대로' 바로바로 움직여 주기를 바라게 된다는 것이다.

아이러니한 것은 이러한 노력이 엄마의 불안을 더 키우고, 상황을 나쁘게 몰고 간다는 점이다. 자녀가 엄마 뜻대로 따라주면 얼마나 좋겠는가. 하지만 간절하면 간절할수록 아이들은 더 뜻대로 자라주지 않는다. 엄마의 행동이, 이끎이 불안에서 출발했기 때문이다. 엄마는 그것이 아이를 향한 사랑이라 믿지만, 실은 불안에 따라 행동하는 엄마의 모습이기에 아이들은 피하려고 할 뿐이다. 당연하다. 대부분의 사람들은 불안에 찌든 사람들을 피하고 싶어 한다. 그들이 내뿜는 두려움, 부정적인 정서가 나를 엄습해서 안 그래도 힘든 나를 버티지 못하게 흔들기 때문이다. 지치고 힘들다고 생각하게 된 아이들, 다른 가족들도 마찬가지 아닐까? 그게 설령 엄마일지라도 피하고 싶어지는 것이다.

결국 아이로 인해 생긴 불안일지라도, 그 불안을 컨트롤링하는 것은 엄마의 몫이라는 걸 알아야만 한다. 그 불안이 서서히 엄마 자신의 빛나는 생을 물들지 않도록 각별히 노력해야 한다.

한 엄마는 전형적인 헬리콥터 맘이었다. 아이의 생활에 전부 관여하고, 통제하려 들었다. 아이를 사랑한다는 마음에서 그런다고 믿었지만, 사실 모든 것이 엄마의 불안 때문에 하는 행동이었다. 남들이 보기에는 부족할 것 없는 부모의 지원이었지만 아이 입장에서 보면 너무 강압적이고 자유가 없었다. 아이는 엄마를 속여서라도 공부 말고 잠깐 다른 걸 해보고 싶은 마음이 생겨났다. 엄마의 기대에 부응해 나도 공부를 잘하고 싶은데 잘되지는 않고, 쉬고 싶고, 포기하고 싶고, 도망가고 싶다는 생각만 자꾸 들었다. 그럴수록 엄마는 더 안달복달이었다.

"맨날 열심히 하겠다고 하고서 안 해요."라고 엄마들은 말하는데, 그렇게 판단하기 전에 엄마 자신을 돌아보았으면 한다. 아이가 그런 대답조차 안 하면 "왜 대답이 없느냐."고 매섭게 아이를 다그치지는 않았는지 말이다. 엄마들은 아이가 건성이라도 대답해야 더 이상 추궁을 하지 않는다. 아이가 약속을 지키지 못할 것 같아서 답을 안 하면 왜 답이 없냐고 다그치고, 못 지키면 거짓말 한다고 혼내는 것이다. 그리고 말이다. 우리 솔직히 말해보자. "자기들 잘되라고 하는 거지, 나 위해서 공부하는 거 아니잖아요?"라는 엄마 자신의 말이 정말 맞는 걸까? 자신에게 물어보자. 진짜 자식이 잘되라고 애들에게 공부하라고 말하는 걸까? 그것이 전부인가?

상담하면서 그녀는 자신의 불안으로 아이를 대해왔다는 것을 인정하지 않으려 했다. 자신의 불안에서 시작되었다고 생각해버리면, 그동안의 노력이 의미 없어지기에. 아이들이 진짜 잘못될 것 같기에. 모든 것은 사랑이라고 굳건히 믿으려는 그녀들. 자신에게 불안한 마음이 있다는 걸 받아들이지 않으니, 그 근원을 들여다볼 리도 없다. 그러니 아이의 거부 행동이 이해될 리는 더 만무했다.

아이를 향한 마음이 간절할수록 엄마의 불안은 더 커진다. 우리는 앞서 불안이 지닌 악순환의 고리를 살펴봤다. 불안으로 행한 행동은 부정적인 성격을 띨 가능성이 크다. 당연히 상대방의 피드백은 자신의 기대에 어긋날 확률이 더 높다. 자신의 기대에 어긋나면 불안은 더 커지고, 또 두려움이 커지게 된다. 이 순환을 언제까지 되풀이할 것인가.

최근 뉴스에서 나는 '독친(毒親)'이라는 단어가 눈에 들어왔다. '독이 되는 부모'란 뜻의 이 말은, 아이를 향한 부모의 지나친 사랑을 경고하는 말이다. 아이가 다칠까 봐 모든 요구를 들어주고, 아이를 더 품 안에 끼고 보호하려 드는 부모들. 험한 세상에서 내 아이를 지키겠다는 엄마의 불안함에서 나온 이 양육방식이 결과적으로는 아이의 자립을 방해한다는 이야기다. 자립을 제대로 못한 아이는 어떻게 될까? 당연히 훗날 제 의지 없이 자립해야만 하는 상황에 내몰리거나, 작은 외부자극에도 '불안'을 느낀다. 엄마의 불안이 아이의 불안을 낳은 셈이라고 봐도 좋을 것이다.

다시 헬리콥터 맘의 이야기로 돌아가 보자. 그녀는 자신의 아이에 대한 걱정도 있었겠지만, 자신의 통제력 혹은 케어 능력이 잘 발휘되었으면 좋겠고, 그로 인해서 "엄마 덕분에 성공했다.", "엄마가 최고야."라는 얘기를 듣고 싶었을지 모른다. 그로서 자신의 존재감이나 가치를 확인할 수 있을 테니 말이다. 하지만 만일 아이가 잘못된다면 자신에게 자책감을 돌리는 불안의 연속을 가지고 있었다. 어쩌면 그녀 자신이 어릴 적 아빠나 엄마의 따뜻한 돌봄을 원했으나 받지 못해서 내 아이에게만큼은 무조건 돌봐 주리라 각오했는지도 모른다. 일일이 간섭하고 챙겨주고 대신해주는 것이 사랑이라고 알고 있는지도 모른다. 허나 그 역시도 사랑에 대한 불안함이다. 이런 불안은 아이에게 투사가 되고 다시 아이는 엄마를 거부한다.

아이를 위해서, 더 나아가 엄마 자신을 위해서 자신의 마음을 점검해보는 것은 꼭 필요한 일이다. 그리고 아이를 향한 간절함을 한번 객관적으로 살펴보자. 그것이 과연 사랑인지, 아니면 내 불안인지 말이다. 아이가 뜻대로 자라지 않는다는 생각이 든다면, 그 생각을 한번 의심해보자. '나 지금 불안한가?'하고 말이다.

혼자서
아이를 키운다는 것

지수 씨는 가족 얘기, 회사 얘기로 도란도란 이야기꽃을 피우는 부부들을 보며 울컥 눈물이 났단다. 혼자서 결정하고, 혼자서 해결하고, 혼자에 익숙해질 때도 되었지만, 불쑥 빈자리가 느껴지는 순간은 나타난다. 지수 씨는 솔직히 말하면 너무 외롭다고 한다. 자상한 남편이 있는 여자가 부럽단다. 그녀는 '내가 이혼하지 않고 조금만 더 참았으면 이런 날이 있었을까' 수없이 생각한다.

'그는 나에게 어떻게 이렇게 깊게 상처를 내었을까?',

'그가 자상하게 웃어주던 모습은 거짓이었을까?',

'나를 사랑하기는 한 걸까?'

그녀는 자신을 버리고 간 남편에 대한 분노와 원망감으로 치를 떨면서도 자꾸만 파고드는 그리움에 더 괴로웠다. 현실의 외로움은 생각보다 더 고통스러웠다.

지수 씨는 처음에 남편이 외도했다는 사실을 알았을 때는 배신감에 모든 걸 다 망가뜨리고 싶은 충동이 일었다고 한다. 하지만 그녀는 가정을 깰 용기가 없었다. 자신도 자신이지만 아이가 마음에 걸렸다. 남편에게 애걸하며 돌아오길 부탁했는데 남편은 도리어 지수 씨에게 부탁을 했다. '그 여자를 사랑한다고, 자기를 놓아 달라고' 말이다.

지수 씨는 이혼을 하는 과정에서 제대로 잠을 이룬 적이 없었다. 며칠 동안 잠도 자지 않고, 먹지도 못했다. 분하고 속상한 마음에 늦은 밤 잠 못 이루고 뒤척일 때, 눈만 감으면 과거의 추억과, 하나씩 발견되던 외도의 증거들이 떠올랐다. 그녀는 당시 입에서 단내가 나고 다리는 퉁퉁 부어도 여전히 자신을 기다리는 일상이 힘에 겨웠다고 고백했다. 아이 저녁밥을 챙기는 일, 과제를 돌보고 밀린 빨래와 살림을 하는 것이 매우 힘들었다고 한다. 마음은 엉망진창인데, 일상은 너무도 똑같아서 괴리감에 치를 떨었던 것이다.

그녀가 괴롭고 슬퍼서 잠을 자지 못하고 흐느끼더라도 위로해줄 누군가가 없었다. 친구들을 만나도 위로가 안 되었다. 모두 남편과 아웅다웅 하는 일상을 보내기에 빈자리만 더욱 절실히 느끼고 돌아오는 일이 많아지자 친구들도 멀리 했다. 지수 씨는 미친 듯이 돈을 벌어서 아이에게 쓰지만, 그 마음은 매우 허탈했다고 고백한다.

지수 씨는 보험 왕이다. 억척순이, 짠순이로 통하는 그녀는 상담실에서 하염없이 눈물을 흘리고 돌아갔다. '보험왕'이란 호칭에 걸맞게 능력 있는 워킹맘인 지수 씨는 싱글맘이다. 다양한 사람들을 만나며 빛나는 화술과 노련함으로 일을 해내고 있다. 많은 사람에게 인정받는 그녀는 자신감이 남다를 것 같았는데. 그녀도 여자였나 보다. 여느 엄마들보다도 우리 사회에서 싱글맘은 아직도 의심의 시선과 편견으로 견뎌야 할 일이 많다. 그래서일까? 홀로 아이를 키우며 경제적으로 성공한 그녀는 매우 당당할 것 같았는데, 속사정은 달랐다.

그녀는 심각한 우울감과 고립감을 경험하고 있었다. 실적이 좋아서 성취가 뛰어남에도 자신의 능력에 의한 성취라고 믿지 않아 자신감도 바닥이었다. 자신의 이혼과 지금의 고생을 반기지 않는 친정 부모, 어릴 적부터 공부도 잘하고 지금도 잘 나가서 나를 은근히 무시하는 언니 오빠들, 공감을 잘 못해주는 친구들, 자신을 '싱글맘'이란 편견으로 바라보는 동료들. 그래서 그녀는 남몰래 애태운 일들을 누구에게도 털어놓고 말하지 못한다. 똑 부러지는 사회활동과 달리, 양육을 할 때 지수 씨는 끊임없이 자신의 능력을 의심했다. '내가 아이를 잘 키우고 있는 걸까?'란 의구심을 떨쳐 버리기 힘든 듯했다. 누구도 나를 이해해줄 수 있을 것 같지 않다는 우울함. 내가 모든 것을 책임져야 한다는 불안감. 그리고 버림받았다는 거절과 공허함까지. 남들의 눈에 보이지 않게 그녀는 자신의 불안을 숨죽이며 키우고 있었던 것이다.

이혼은 일상생활의 스트레스 척도 순위에서 1위 '배우자 사망' 다음으로 2위를 차지한다. 상실과 거절의 아픔은 이렇게도 힘든 일이다. 자연스러운 상실도 긴 시간을 얼이 빠진 채 지내야 버티는데 하물며 이혼으로 인한 상실과 거절의 아픔은 얼마나 아플까? 마치 본드로 찰싹 붙은 종이를 떼어낼 때 붙은 종이가 찢어지듯 떨어지는 것처럼 이혼은 당사자의 마음에 큰 상흔을 남긴다. 남편과 아내는 '가족'이라는 가장 가깝고 허물없는 인간관계에서, 관계를 끝낼 수 있는 유일한 관계다. 부부는 이혼으로 인해 거대한 빈자리를 느낀다. 이혼으로 오기까지의 과정도 엄청난 소모전을 치르지만, '있던 자리'에 대한 상실감은 이루 말할 수 없을 것이다. 그리고 '나는 실패했다'는 자기 비하적 감정이 수시로 찾아와 몸서리치는 일련의 시간을 겪는다. 외도로 인한 이혼의 경우, '상대가 나를 버렸다, 배신당했다'는 아픔과 분노로 극심한 고통을 남긴다.

게다가 대부분의 상황에서, 여자들은 경제력이 남자보다는 떨어진다. 육아로 인한 경력 단절이 크거나 전업 주부로 살아온 여자들의 경우, 이혼은 더 큰 불안 요인이 된다. 당장의 생계에 대한 위급함을 느끼기 때문이다. 지수 씨 역시 그랬다. 전업주부였던 그녀는 '배우자와의 헤어짐'이라는 큰 사건을 겪고도 그 상처를 제대로 보듬을 시간이 없었다. 엄마이기 때문이다. 아들 하나를 둔 그녀는 당장 아이를 키우기 위해 생계전선으로 나서야 했다. 나 혼자 굶는 게 아니라 아이도 굶는다는 절박함은 지수 씨를 한동안 흔들어 놓았다. 그녀는 수시로 가슴이 뛰거나, 불면증에 시달렸다고 했다.

삶의 무게가 힘겨울 때는 아이의 존재가 원망스럽기까지 했고, 그 감정이 지나고 나면 파고드는 죄책감 때문에 힘들었다고 했다. 그녀는 자신의 행동을 수차례 확인하는 강박적인 반복도 보이고 있었다. 전기 코드를 제대로 뽑았는지부터, 아이의 일정을 잘 챙겼는지, 서류 도장을 제대로 받았는지 수시로 확인했다. 유능했지만 업무적 만족은 잠시였고, 그녀는 자기 효능감이 계속 떨어지고 있었다. 안타깝게도 그 점을 자신은 알아차리지 못했다. 상담실에 와서도 늘 아이 이야기만 하고, 자신의 이야기는 별로 없었다. 그리고 이야기는 늘 반성과 후회하는 내용이었다.

"제가 이혼하고 얼마 되지 않았을 때, 너무 버거워서 아이를 많이 혼냈는데 혹시 그래서 그럴까요? 아니면 엄마가 바쁘고 옆에서 잘 챙겨주지 못하니까 달라는 대로 용돈을 팍팍 줘서 그런가요? 해달라는 건 아무리 비싸도 덜컥 해줘서 그런가요? 아이가 집에 혼자 있는 시간이 많아서 그런 건가요? 도대체 아이가 왜 그런지 이유를 알고 싶어요. 분명 아빠가 없어서 그럴 거예요."

그녀는 쉴 새 없이 질문하고 답을 찾고 있었다. 지금 상황에 대한 원인만 찾아내면 모든 것이 좋게 변화될 거라고 믿는 것 같다. 지수 씨의 아들은 최근 들어 친구들과 어울리느라 집에도 잘 안 들어오고, 오토바이도 타고 다닌다. 술 먹고 담배 핀 지는 벌써 예전 일이고, 학교에 안 왔다고 선생님에게 전화 오는 일은 다반사이다. 아들을 때려도 보고, 혼내도 보고, 부탁하고 애걸도 해보았지만 소용이 없었다. 다른 아줌마들에게 조언을 구해 차근히 이야기를 해보려 했지만 아들은 자꾸만 엄마와 소통하려 들지 않는다. 아들이 크게 엇나가서 구제 불능이 될 것 같아 지수 씨는 몹시도 불안하다고 했다. 그리고 한동안 잊었던, 아니 잊으려 애쓰던 남편에 대한 저주와 분노가 스멀스멀 피어올랐다고 한다. 이혼 후 오랫동안 연락이 없는 남편. 남편으로부터 받는 양육비 지원은 끊긴 지 오래였다. 이제는 어디서 무얼 하는지도 알 수 없는 남편.

지수 씨는 이혼 후 아이에게 아빠의 빈자리를 메워주기 위해 부단히도 노력했다. 일에 매우 바빴지만 아이의 일이라면 만사를 제치고 나섰다. 남편의 자리가 필요할 때는 평소보다 오버해서라도 잘 해주려고 했다. 그런데 이제 와서 몸이 제 아빠만큼 큰 아들 때문에 남편 생각이 간절해지다니, 지수 씨는 허탈함과 속상함에 무엇을 해야 할지 모르겠다고 했다.

나는 울먹이는 그녀의 이야기를 들으면서 아무 답을 하지 못했다.

그녀가 남편 없이 혼자 살아오면서 얼마나 힘들었을지 짐작도 할 수 없다. 아무리 이혼이 흔한 세상이라고는 하지만 여전히 싱글맘 혼자 세상을 살기에는 버겁다. 남편이 없다고 무시하기도 하고, 뭔가 잘못이 있어서 이혼했나 싶어 비난이나 동정의 눈빛으로 보기 때문이다. 그런 세상에서 생계를 유지하며 고등학생 아들을 키운다는 것은 정말 쉽지 않았을 것이다. 그녀는 최선을 다했다. 가끔 외롭고 서러워도 아이를 보면서 버티고 새로운 힘을 냈다. 억척같이 살기에는 여리지만 엄마이기 때문에 모진 세월을 이겨왔을 그녀다.

하지만 어떤 상처에도 아무는 시간이 필요한 법이다. 지수 씨에게는 힘겹지만 이혼을 받아들일 때까지 충분히 아프고 자연스럽게 아물며 새 살이 돋는 시간이 필요했다. 아빠의 상실, 남편의 상실이 힘들기에 지수 씨는 아이와 서로 충분히 위로했어야 했다. 주변 누구에게라도 원망감을 호소하고 화가 풀리고 풀릴 때까지 털어놓고 위로와 지지를 받았어야 했다.

하지만 지수 씨는 상처를 잘 살피기보다는 급하게 덮고 억지로 아빠의 빈자리가 없어도 괜찮은 척 최선을 다하며 살아왔다. 자기가 부족함 없이 아들을 키우면 괜찮다는 믿음을 가지고 말이다. 하지만 그것은 아들의 상실감을 외면하는 결과를 낳았다. 아들과의 소통이 잘되지 않자 지수 씨는 한층 더 불안해했다. '잘못하고 있다'는 느낌은 지수 씨를 몹시 괴롭혔다. 강박적인 행동들이 쌓여가자 아들과는 더 멀어지고 있다. 결국 지수 씨가 이혼의 빈자리를 인정하지 않고 억지로 메꾸려는 마음에서 불안이 더욱 세진 것이다.

지수 씨가 알아야 할 것은 바로 아들이 자신이 통제할 수 없을 만큼 컸다는 사실이다. 고등학생인 아들은 홀로 자신을 키운 엄마에게 효도할 수나 있을지 스스로를 믿을 수가 없고, 엄마의 기대를 피하고 싶은 불안을 느끼고 있을지도 모른다. 진로와 미래에 대한 고민도 많을 때고, 불안하고 초조하기만 한 사춘기의 긴 통로를 걸어가고 있는 중일 것이다. 부모와의 소통이 원활히 이루어지지 않는 것은 이 시기의 청소년들에게 매우 흔히 볼 수 있다. 또 이 시기의 남자 청소년들은 술 먹고 담배 피고, 몰려다니면서 '남자다움'을 배운다. 그것이 남자답고 멋있다고 생각하기 때문이다.

지수 씨는 마치 친구에게 조언하듯이, 자신의 상황을 좀 더 멀찍이 떨어져 객관적인 시선으로 볼 필요가 있다. 그녀가 느끼는 것처럼, 아들이 정말 엇나가고 있는 건지, 아니면 자기 불안에 따른 왜곡된 해석은 아닌지 말이다. 그리고 그 모든 원인이 자신이 '싱글맘'이어서, '아이를 잘못 키워서'가 아님을 알아야만 한다.

아이들이 말썽을 피우는 것, 공부를 잘하지 않는 것. 바라는 대로 잘 크지 않는 것이 엄마 혼자 키우기 때문이 절대 아니다. 사춘기의 아이들이 요란하게 지나는 아이가 있고, 조용히 무난히 지나는 아이도 있다. 하지만 그들이 여전히 잘 크고 있는지는 아직 모를 일이다.

그렇기 때문에 혼자 키우는 엄마들은 "아빠 없는 자식이라는 소리 듣지 않으려고 죽을 만큼 노력했다"는 그 말을 힘으로 삼고 스스로 위로할 수 있어야 한다. 당신이 못 키워서, 남편이 없어서 아이가 그런 것이 아니란 말이다.

홀로 아이들을 키우는 엄마들이여! 당신들 잘못이 아닙니다. 남편과 아이들의 문제를 같이 의논하고 생계의 책임을 같이 나눠질 수 있다면 삶의 무게가 더 가볍겠지만, 그렇지 않더라도 그동안 애써온 당신을 스스로 인정해주십시오. 당신을 위해서 잠시라도 행복한 시간을 가져 보세요. 그게 무엇이든. 조금 숨을 돌려서 마음을 안정시킨다면 지금의 문제가 좀 더 쉽게, 다른 면으로 보일 수 있답니다. 당신이 너무 지쳐서 지금의 문제가 더 크게 보일 수도 있으니까요.

엄마를 긁는 아이의 '어떤 행동'

불안은 방어기제를 만들고, 방어기제는 더욱 강화되어 원래의 불안을 더욱 강화시킨다. 방어기제란 불안을 이기려는 내면의 반응이라고 생각하면 된다. 내면의 반응은 실제 행동을 만든다. 예를 들면, 숙제를 하지 못했다면, 엄마에게 혼나지 않기 위해서 거짓말을 하거나 핑계를 되는 행동이다. 이런 방어기제는 일시적으로 불안을 가라앉히는 데 도움이 된다. 하지만 하나의 방어기제를 반복해서 사용한다면, 오히려 그 방어기제에 발목이 잡히고 다른 일에도 영향을 미쳐 큰 불안이 반복된다.

"우리 딸이 엄마 말을 안 듣고 사치스러운 게 꼭 제 동생을 닮았어요. 제 동생이 어릴 적부터 화장을 좋아하고 옷도 수도 없이 사들였거든요. 커서도 버는 것 없이 쇼핑하러 다니고, 명품을 밝히다가 큰 빚을 졌어요. 부모님 속을 썩이면서 등골을 빼먹더니 우리 딸 하는 모양새가 딱 지 이모네요. 얘는 고등학생인데 벌써부터 화장품에 관심도 많고, 지갑, 백팩, 속옷도 명품만 밝혀요. 학생답게 화장하지 말고 다니라 해도 말을 안 들어요. 돈 없다고 더 이상 사줄 수 없다고 하면 할머니, 할아버지, 삼촌들에게 용돈을 뜯어서 사기도 하고, 가끔 어디서 돈을 빌려서 사기도 해요. 이러다 얘가 우리 집안을 말아 먹으면 어떻게 해요." (40대 주부)

물론 딸의 이런 모습에 걱정이 안 될 부모는 없을 것이다. 그래도 유독 '사치'에 집중하는 엄마의 말 속에는 과도한 긴장감이 담겨 있다. 이 엄마의 하루는 어떻게 흘러갈까? 종일 아이가 뭘 사고 어떻게 멋 부리는지를 따라 가느라 자기 삶의 즐거움을 찾는 노력이 덜하지는 않을까? 자기가 뭐에 만족감을 느끼고, 딸과 좋은 추억을 쌓기 위해 무엇을 해야 하는지에 대한 생각은 덜하게 되지 않을까? 대체 이 과도한 긴장감은 어디서 온 걸까?

욕구의 좌절 또는 내 중심을 흔드는 그 불안감이 어릴 적 그 언젠가에 형성되었는지, 얼마나 고통스런 기억으로 남아 있는지 정확히 알 수는 없다. 허나 사람들 각자가 중요하게 여기는 무엇인가가 있다. 그것을 다시 경험하는 일은 정말 끔찍하다고 생각하고, 그 생각은 각자의 내면 깊이 자리하게 되어서 하나의 신념을 만든다. 그래서 그 신념은 행동을 만들고 어떤 식으로든 겉으로 새어 나오기 마련이다. 예를 들어 엄마들이 "그러다 네 이모꼴 난다", "너는 어쩜 네 삼촌과 똑같이 닮았니?"라는 말이나 눈빛이 새어 나올 것이고 그 말을 듣는 자녀는 비교를 통해 상처를 입는다. 그리고 그들은 그 불안을 이기기 위한 방어기제를 만든다.

사람들은 자기만의 방어기제가 있다. 삶이 불안하고 두려울 때, 숨을 쉬고 자기를 지키기 위한 방법들이다. 방어기제의 종류는 여러 가지다. 현실에 생긴 문제를 받아들이지 않고 거부하는 방법(부인), 거짓말이나 각종 변명으로 상황을 모면하는 방법(회피), 기억하고 싶지 않은 기억을 저편으로 몰아내는 방법(억압), 다른 사람에게 내 탓을 돌리는 방법(투사), A로 만족할 수 없다면 B로 만족을 하는 방법(대체), 잃은 것만큼 채우려고 하는 방법(보상), 인정받기 어려운 어떤 것을 감추기 위해 예술이나 운동 또는 종교적으로 바꾸는 방법(승화). 이 방어기제들이 나쁜 것만은 아니다. 불안함 속에서 자신을 지킬 수 있기 때문이다. 적절한 방어기제는 때로는 정말 도움이 된다. 문제는 한 가지 방법에 매달린다는 것이고, 건강하고 평안할 때도 그 방법을 지속적으로 쓴다는 데에 있다. 그 방법은 고착되어 자기 삶의 패턴을 형성하고 그 이후 자신의 성격처럼 그렇게 삶을 사는 데 활용한다.

이러한 방법으로 우리는 내가 숨을 쉴 수 있는 통로를 만들고, 중독이나 일탈을 즐기면서 스트레스를 해소하고, 낮은 자존감을 보상받으려고 한다. 엄마들은 자신들이 '싫어하는 누구'와 우리 아이가 닮는 것을 끔찍이도 싫어한다. 우리 아이를 통해 그 고통을 내가 다시 접한다는 것은 있을 수 없기 때문이다. 그래서 엄마들은 그런 아이를 만들지 않으려고 더 신경 쓰고, 더 강요하고, 더 비교한다. 그런데 그렇게 노력했음에도 이상하게 내가 싫어하는 사람을 닮아간다. 그래서 정말 내가 싫어하는 사람처럼 될까 봐 노심초사 걱정이 많다.

엄마들의 애타는 마음이 느껴진다. 충분히. 하지만 이제 분리해야 할 필요가 있다. 아이와 이모는 다르다. 아이는 당신의 아버지가 아니다. 엄마 당신이 얼마나 고통스러웠을지 짐작하고도 남지만, 기억과 내면에서 자꾸 아이를 혼돈하게 만듦을 알아야 한다. 당신은 상처 받았기 때문이다. 아이에게 화내기 전에 당신 안에 치유되어야 할 상처가 있음을 알아야 한다. 아이에게 누군가로 인한 상처와 기억이 연상이 된다면 자신에게 이렇게 말하자. "내가 자라 보고 놀란 가슴을 솥뚜껑 보고 놀라고 있구나."라고. 그래서 아이의 어떤 모습이 나의 신경을 긁고 있는 것이라고 말이다.

당신의 아이는 고유하고 내면의 그 사건과는 다른 존재다. 이제 당신의 상처에 집중하자. 그때 그 상처로 나는 무엇을 잃었는지, 왜 불안했는지 하나씩 짚어보라. 어쩜 당신은 중요한 무엇인가를 그때 잃었는지도 모른다. 아니 잃을까 봐 걱정했는지도 모른다. 가족의 여러 걱정거리로 당신에게 집중되어야 마땅한 문제를 제대로 못 풀었을 수도 있다. 그렇기 때문에 당신은 아이를 보고 또 염려하는 것이다.

이제 그 과거와 아이를 감정적으로 분리하자. 감정적으로 분리하기 위한 근본적인 방법은 나에게 고통으로 남은 그 과거의 일을 다시 직면하여 푸는 것이다. 그런 다음 그들의 일에 대해서 잊기로 결정해야 한다. 그래야만 그들에 대한 원망감 등이 내면에서 신념으로 남지 않는다. 그래야 내가 편안할 수 있고 그 불안함이 아이에게 전달되는 것을 막을 수 있다. 용서하기 위해서는 먼저 충분히 자신이 얼마나 힘들었는지 돌이켜보고, 그 감정을 '지금 여기서' 표출해야 한다. 얼마나 화가 났고 싫었는지를 표현해야 한다. 과거 때문에 힘든 일을 종이에 적어 보라. 그때 미처 하지 못한 말을 혼자서라도 해보자. 마치 내 앞에 있는 것처럼 실제로 화를 내고 얘기해보자. 용기가 있다면 장본인을 찾아가서 말해도 좋을 것이다.

그 다음은 나 자신을 위로하자. 그동안 돌아보고 싶지 않고 기억하고 싶지 않아도 그 속에서 내가 얼마나 힘들었는지 위로해주자.

"너 너무 힘들었구나. 그때 참 애썼다. 너 그때 얼마나 불안하고 외로웠니?"라고 말이다.

그런 다음 그것으로 인해 피해를 받았던 다른 가족들을 위로하자. 그 어려움을 나와 함께 견뎌준 것에 대해서 가족들에게 고마워하며 말이다.

불안을
키우는 성격도 있다.

우리 엄마는 화를 잘 내고 잘 우신다. (고2, 여)

우리 엄마는 아들을 자기 맘대로 조정하려고 한다. (대1, 남)

우리 엄마는 아무것도 못하고 아빠가 다 해주기를 바란다. (중1, 여)

우리 엄마는 내가 어릴 적부터 우울해한다. 그래서 나를 힘들게 한다.
엄마는 나를 한시도 밖에 나가지 못하게 한다. (고1, 여)

우리 엄마는 너무 깔끔하고, 완벽하지 않으면 불안해한다. (고3, 남)

우리 엄마는 잔소리가 너무 많다. 한 소리 또 하고 또 하고. (중2, 남)

우리 엄마는 변덕이 심하다. 어떨 때는 웃고, 어떨 때는 고함을 친다.

(고1, 남)

우리 엄마는 **빨리빨리 재촉하고, 너무 꼼꼼하셔서 일일이 확인하고, 때로는 강박적이다.** (중3, 여)

우리 엄마는 **집안일을 잘 안 하고, 게으르다.** (초5, 남)

문장완성검사에서 자녀들이 적은 엄마들에 대한 성격적 표현이다. 이 엄마들은 모두 불안감을 가지고 있으며, 일부는 매우 부정적으로 자녀에게 표현하기도 했다. 관계에서 이런 모습들은 매우 중요한 요소인데, 성격에 따라 타인을 대하는 태도, 방식이 달라지고, 그에 따라 상대방의 반응도 달라지기 때문이다. 엄마의 성격은 자녀의 성장에도 큰 영향을 끼치는 요인이다.

화를 잘 내고 운다는 것은 내면에 쌓인 분노가 임계치에 다다라 이제는 참으려 해도 참을 수 없을 만큼 넘치고 있다는 반증일 수 있다. 그럴 때마다 자신은 해결할 방법이 없으니 우는 걸로 표현을 했을지 모른다. 아니면 남편과 아이가 당신의 약한 감정 선을 계속 건드리고 있고 당신이 당신답게 존중을 받지 못한 경험이 누적되어서일 수도 있다.

누군가를 마음대로 조정하려는 모습은 파워에 대한 욕구 때문이다. 좋은 뜻으로 해석한다면 리더 기질이 있어서 항상 남을 이끌어야 한다고 생각한다는 것이다. 좀 나쁘게 보자면 당신의 파워를 누군가에게 과시하려는 것일 수 있다. 이 역시 불안함을 표출하는 또 다른 모습일 것이다. 어쩌면 실제로는 약한 당신을 강하게 보이려는 가면일 수도 있다. 타인이 당신을 함부로 여기지 못하게 하려는 전략이기도 하다.

수동적인 성격이라면 어떤 문제의 주도권을 남에게 맡기려 한다. 내가 하는 것보다는 다른 사람이 하는 것이 차라리 낫다고 생각해서 당신은 아무것도 안 하려고 할 수도 있다. 물론 귀찮을 수도 있을 것이다. 이런 경우는 편함에 대한 당신의 욕구가 높으나 현실은 그렇지 않아서 불안이 커질 수도 있다. 남편이 다 해주기를 바란다면, 어쩌면 사랑을 그렇게 확인하려는 것일 수도 있다. 당신의 아버지, 혹은 오빠들이 그렇게 당신을 챙겼을 수도 있다. 당신은 남편이 나를 사랑한다면 이 정도쯤은 힘든 일이 아니라고 믿을 수 있고, 그런 남편을 통해서 당신을 사랑하고 있음을 재차 확인 받으려 할지도 모른다.

아이를 한시도 밖에 내보내지 못하는 모습에서는 불안이 커서 우울하기까지 한 내면을 볼 수 있다. 아이가 없는 사이에 일어날 어떤 일을 염려하거나, 깊은 외로움에 몸서리를 치기 때문이다. 어쩌면 엄마의 마음을 너무 오래 방치한 건 아닐까? 우울의 원인은 다양하기 때문에 정확히는 알 수 없지만 내면의 상처를 치유해야만 한다.

강박적인 성격의 경우, 완벽을 추구한다. 이 엄마의 경우, 비교와 기대로 혹사당한 어린 시절이 있을 가능성이 높다. 어린 시절부터 기대를 맞추지 못할까 봐, 그러면 사랑 받지 못할까 봐 누차 불안했을 수도 있다. 어떤 사람은 잔소리가 듣기 싫어서 처음부터 그 잔소리보다 더 잘하려고 노력하는 과정에서 강박이 생겨나기도 한다.

변덕이 심하고, 감정기복이 심한 엄마는 히스테리한 성격으로 신경질적이다. 당신의 기분을 맞추지 못해 남편도 아이도 매번 좌절하고 절망했을 수 있다. 아마 당신은 기질적으로 예민할 수도 있지만 부모로부터 따뜻한 돌봄을 많이 못 받아서 그럴 수도 있다. 이것을 하면 혼나고, 저것을 하면 칭찬을 듣는 것이 명확해야 하는데 부모의 기분에 따라 이것이 달라졌을 수도 있다. 어쩜 아빠나 엄마가 당신이 해석하기 힘든 이중메시지를 자주 보냈는지도 모른다. 눈으로는 화가 났으면서 말로는 '사랑한다'라고 말한다든지 하는 것 말이다. 당연히 불안정함을 느끼며 자라왔고, 불안한 엄마가 되었을 가능성이 높다.

성격이 급한 엄마의 경우 실패의 두려움이 크다. 성과가 눈에 보여야 안심한다. 불안이 크다 보니까 그 불안을 잠재우려면 항상 내가 안전선 안에 있음을 확인해야 하기 때문이다. 어쩌면 계획적이고 목표를 잘 세우는 사람일 수도 있다. 그 계획이 이루지 못하면 큰일 난다고 생각하고, 나와 남을 쪼아서라도 그 목표를 이뤄야 한다. 그래서 항상 "빨리빨리"라고 하는 것이다.

게으른 성격은 어찌 보면 태평하고 낙천적으로 보이지만 내면을 보면 그도 아니다. 게으른 엄마의 내면도 불안하다. 사람이 너무 할 일이 많으면 아무것도 안 하고 포기하고 싶은 것처럼, 당신은 아예 쉬어버린 것이다. 그러면서 몸은 편하나 마음은 언제 불호령이 떨어지나 긴장하고 있을지 모른다. 무기력하거나 우울감 때문에 일할 의욕도 나질 않는 것이다. 너무 완벽해서 하려면 제대로 에너지를 많이 써야 하는데, 그렇게는 못하겠으니까 아예 안 하는 것일 수도 있다.

앞서 등장한 성격적 표현에 담긴 불안을 설명하는데, 당사자가 살면서 겪은 다양한 경험과 상처는 고려하지 않고, 부모와의 관계로만 추측하여 되짚어봤음을 고백한다. 또 불안에 더 강한지 약한지에 대한 강도도 고려하지 못했다. 하지만 '불안이 이렇게 형성되는구나!' 이해하고 새롭게 자신에 대해서 자각만 하더라도 상당 부분 문제를 해결하는 데 도움이 될 수 있다.

어쨌든 이 모든 것이 엄마 당신의 불안이다. 불안은 곧 고착되어 성격을 만든다. 당신의 성격 때문에 주변인이 부정적인 영향을 받고, 자존감에도 타격을 입는다. 아마 엄마인 당신도 그런 부모님 밑에서 성장하여 그런 불안이 나타나는지도 모른다.

그렇다고 엄마들의 성격을 싹 바꾸라는 것이 아니다. 자신의 약점을 알고 좀 더 성숙한 사람이 되기 위해 노력하는 것으로도 훌륭하다. 인격을 쌓는 데 공을 들이고 성격의 장점, 긍정적인 부분을 알고 그것을 더 많이 키울 수 있어야 한다.

무엇보다 자존감을 키워야만 한다. 불안을 이기거나 좀 더 강하게 버텨 내려면 그래야 한다. 자존감이 높은 사람은 불안을 대처하는 능력이 높다. 자신을 잘 추슬러 나가면서 불안과 잘 공존한다. 그뿐만 아니다. 불안을 제압하고 더 건강한 방법을 창출해낸다. 자존감은 전 생애에 걸쳐 지속적으로 능력을 발휘한다. 로켓이 발사될 때 대기권 밖으로 밀어내는 파워가 많이 필요한 것과 같이, 자존감을 높이는 데도 많은 노력이 필요할 것이다. 하지만 이 자존감은 모든 영역에서 힘을 발휘한다. 업무에서도, 자아실현에서도, 대인관계에서도, 이성 관계에서도, 가정을 꾸리고 건강하게 만들 때에도 말이다. 이 자존감을 위해서, 우리의 마음에 불안의 씨앗을 뿌린 '트라우마'를 해결해나가야 한다. 나 자신을 더 좋게 보기 위해, 나 자신을 더 믿기 위해, 나를 괴롭히는 그 과거의 일과 화해해야 한다. 다음 장에서 불안과 트라우마에 대한 이야기를 좀 더 자세하게 살펴볼 것이다.

'괜찮다'고 말해주는 가족,
있나요?

- 하필 왜 나에게만 이런 일이 생긴 걸까? 엄마도 몰랐던 마음속 트라우마 -

많은 스트레스 상황에서 엄마는 어린 날의 누군가를 떠올린다.
그 순간 마음속 경보기가 울린다. '절대 그때처럼은 안 돼!!'
이제 솔직하게 털어놓자.
엄마가 되어 다시금 떠올리게 된 '트라우마'가 실은
나와 내 소중한 이들을 괴롭히고 있다고.

누군가는 말한다.
엄마가 되는 것이 자신을 성장시키는 가장 큰 기회라고.
이제 마음속 깊숙이 묻었던 트라우마가 다시 세상으로 나온 순간.
우리는 그것을 제대로 치유할 기회도 다시금 얻는 셈이다.
트라우마를 제대로 보자.
그리고 트라우마가 치유되는 순간, 엄마인 나는 더 자란다.

아빠 같은
남자는 만나기 싫었는데

　　미영 씨는 한숨을 쉬며 "남편 복 없는 여자는 자식 복도 없다."가 아니라 "아버지 복 없는 여자는 남편 복도 없는 것 같다."고 말했다. 남편과의 문제로 힘든 요즘 그녀는 자꾸 아버지가 생각난단다. 그녀의 아버지는 참 잘생겼고, 잡학 지식에 능한 분이다. 모든 사람에게 깍듯하고 친절하고 세상에 이렇게 자상할 것 같은 사람은 없다고 칭찬도 자주 듣는다. 그런데 뭐가 문제였을까?

　　다시 남편의 이야기를 들어보았다. 젊은 날 미영 씨의 남편은 참 재미있고, 남자다웠단다. 남자답게 자신을 리드해주고, 적극적으로 다가와 고백하며 자신을 따라다녔다. 자신에게 열중하는 그의 모습을 보면서 '내가 뭐라고 나를 이렇게 좋아해주나' 싶은 마음도 들었다. 자신을 각별히 여기는 남편의 모습은 그녀의 마음을 크게 움직였다. 모두의 칭찬을 듣고 멋쟁이였지만 엄마와 자식들에게 소홀했던 아버지와는 정반대였기 때문이다.

미영 씨의 아버지는 대외적인 활동만 중요하게 여기고, 집안일은 모두 어머니에게 맡기고 나다녔다. 생활비도 제대로 주지 않고 남의 경조사나 사교활동을 즐겼다. 그 탓에 어머니는 새벽같이 일어나 잠들기 전까지 일을 했다. 미영 씨가 등록금을 못 내고 학교에서 혼이 나는지, 동생이 학교에서 다퉈 엄마가 교무실에 불려 가는지 아버지는 늘 관심이 없었다. 어쩌다 일을 하고도 돈을 제대로 못 받기도 했다. 그럴 때면 사람 좋은 아버지는 막걸리 한 잔으로 퉁치곤 한다. 그러니 어머니의 마음이 썩어나가도 다들 어머니에게 "그래도 미영 아빠만큼 좋은 남편이 어디 있어. 돈은 못 벌지만 이렇게 자상한 사람이 얼마나 잘해주겠어" 했단다.

미영 씨가 결혼을 결심한 건 크게 두 가지 점에서였다. 남편은 그녀를 매우 소중히 아껴주었다. 그런 모습은 남편이 가정적일 거라는 확고한 믿음을 만들어줬다. 미영 씨에게 가정적인 가장은 굉장히 중요했다. 불행한 엄마, 가족보다 남들 챙기기에 바쁜 아빠. 그런 부모 아래서 힘겹게 자라온 어린 시절의 트라우마 때문이다. 미영 씨는 아빠 같은 남자만큼은 꼭 피해야 한다는 절박함을 갖고 있었다. 게다가 한량 같은 아버지와 달리 남편은 직장도 잘 다니고 있었다. 남편과 교제하면서 가정적일 것 같은 모습은 미영 씨를 크게 감동시켰고, 성실한 모습은 더 세게 각인되었다. 아버지 같지 않을까 걱정하고, 이 사람은 다르다는 저울질이 교제 내내 반복 되었다. 마침내 현명한 선택이라고 생각하며 결혼을 결심하였다.

안타깝게도 아버지 같은 남자를 만나지 않겠다고 아등바등 대던 그녀는 남편의 아버지 같은 모습에 좌절해야 했다. 남편은 결혼하자마자 기다렸다는 듯이 밤늦게까지 동료들과 술을 마시고 늦게 들어왔다. 임신한 미영 씨가 저녁을 못 먹고 기다려도, 남편은 친구들과 새벽까지 당구를 치다 그 약속을 잊기 일쑤였다. 대체 무슨 일이 일어난 걸까? 남편은 미영 씨를 두고 '잡아 놓은 물고기에 먹이 줄 필요 없다'는 생각이라도 하고 있는 걸까? 그렇게도 약은 사람을 내가 몰라봤던 걸까?

아니다. 남편의 모습은 크게 달라진 것은 없었다. 결혼 전 미영 씨에 맞춰줬던 부분이 좀 더 자기 위주로 변한 것은 있지만, 그것은 대부분의 신혼부부들에게도 일어나는 일이다. 아마도 남편은 가정에서 따뜻한 안정감을 받고 있으니 그동안 소원했던 친구관계의 회복이 필요했을 것이다. 그리고 회사 업무와 상사로부터 쌓이는 스트레스를 풀 통로가 필요했을 것이다. 하지만 미영 씨가 느끼는 것처럼 남편은 극명하게 달라지지는 않았다. 그렇다면 미영 씨가 배우자를 선택할 때 신중하지 못한 걸까? 그럴 리가 있을까. 교제기간 내내 자신의 아버지와 남편을 비교해가며 안심과 불안을 오가던 그녀다. 그녀는 배우자로서의 남편을 누구보다도 더 간절한 마음으로 살펴보았을 것이다. 그토록 신중했던 그녀였을 텐데 무엇이 문제였던 걸까.

아마도 이 신중에 신중을 거듭한 시간이 문제라면 문제였을 것이다. 그녀는 너무도 크게 아버지의 그림자 안에서 배우자를 찾고 있었다. 아버지가 너무 싫다 보니, 아버지와 반대만 되면 무소선 오게이가 되는 식이 되어버린 것이다. 남편의 다양한 면을 보지 못하고 그녀는 아버지와 접촉되는 부분만 보았다. 미영 씨도 모르게 그녀의 트라우마는 그녀의 생각을 왜곡시키고 시야를 좁혀 버린 것이다. 미영 씨가 바랐던 남편 상이 남편에게 투영되어서 그런 모습만 상상하고, 그 모습만 보았던 것이다. 사실 남편은 미영 씨를 아끼고 아꼈지만, 원래 친구도 좋아했던 사람이고, 아버지처럼 한량은 아니었지만 퇴근 후 유흥도 자주했던 사람이다. 그런데 미영 씨는 자신의 아픈 기억으로 인해 원래 남편이 자신을 사랑하지 않는데 속인 것이라고 왜곡된 생각을 갖게 되었고, 급기야 남편의 일거수일투족을 아버지와 비교하며 남편에게 잔소리하고 불평을 토로하느라 귀한 시간을 보내고만 것이다. 그럴수록 남편은 더욱 집에 들어가기 싫어지고 더욱 외롭고 헛한 마음을 친구들에게 쏟게 되어 미영 씨의 불안은 반복되고 있었다.

지금의 미영 씨 부부는 자식 때문에 마지못해 가정을 견디고 있었다. 미영 씨는 남편의 사랑을 바랐건만 남편과의 관계는 더 멀어지고 회복의 가능성이 없는 것 같았다. 그래서 미영 씨는 이혼을 고민하는 중이다. 그녀는 적은 월급에도 주말이면 친구들과 골프를 치러 나가면서 아이들과 놀아주지 않는 남편에게 화가 많이 쌓여 있었다. 자신의 부탁도 들어주지 않고 아이에 대한 고민과 어려움을 같이 나누지 않는 남편의 모습은 아버지와 똑같다면서 분노에 몸서리쳤다. 아들 역시 남편처럼 놀기를 좋아하는 사람이 될까 봐 걱정이 된단다. 그녀는 남편과의 이혼을 고심하는 지금까지도 모든 걸 아버지의 그늘 안에서 해석한다. "아버지 복 없는 자식은 남편 복도 없다"는 말에서 아버지를 향한 오래된 트라우마를 발견할 수 있다.

　참 이상하다. 많은 아내들이 아버지 같은 남자는 만나기 싫었는데 똑같은 남자를 만났다고 말한다. 미영 씨만의 이야기가 아니라는 것이다. 나는 그들에게 심리적 이유를 설명한다. "무의식적 익숙함"이라고. 사람들은 나를 힘들게 했던 아버지와 다른 사람을 꿈꾼다. 하지만 이 과정에서 '익숙함'이 발휘한다는 것을 알지 못한다. 우리가 그렇게 싫어하고 짜증냈던 어린 시절이 내 과거이고 나라는 사람이 있게 된 과정이다. 우리는 때로는 억압으로, 때로는 부인으로 나의 슬픈 과거를 기억하지 않으려고 애쓴다. 하지만 내 무의식은 그 과거에 길들

여겨 있다. 그래서 다른 남자를 만날 수도 있는데 일부 모습이 아버지와 다르다면 아버지와 확실히 다를 것으로 이해해버린다. 무엇인가 홀리듯이 말이다. 술 먹는 아버지가 싫어서 술 안 먹는 남자와 결혼했는데 그의 꼬장꼬장함과 결벽으로 인해 또 다른 스트레스를 받는 식이다.

다른 또 하나는 도망치고 싶은 마음 때문이다. 지금 나는 매우 지쳤기 때문에 구원의 손길이 필요하다. 그래서 나를 사랑한다는 남자가 진짜 나를 행복하게 해줄 것이라고 착각한다. 나에게 내민 구원의 손길을 잡는다면 지긋지긋한 현실에서 벗어날 수 있다고 믿는 것이다. 미영 씨도 그랬다. 직장생활을 하면서 엄마를 도와 동생의 뒷바라지를 해야 해서 그 삶이 너무 짜증스러웠다. 남편은 그녀의 유일한 구원이었다.

마지막으로 잘 살기 위해 애쓰려는 마음에서 출발하였으나 자신의 불안을 알지 못한다는 데서 반복되는 불안이 만들어진다. 미영 씨는 아버지에 대한 트라우마 때문에 남편의 행동에도 그런 면모에 대해서는 매우 엄격했다. 자신의 불안에 부딪히는 일은 절대 받아들이지 않겠다는 태도도 있었다. 분명 남편에게 문제가 있는 상황이었지만, 상황을 더 부정적으로 보고 강경하게 대응하는 것은 미영 씨 마음의 문제이기도 했다. 자신의 불안이 주는 믿음이 확고해서, 어쩌면 남편에게 '나는 옳고, 당신은 틀리다' 식으로 대했을 수도 있다. 그런 과정에서 남편이 가장으로서 서야 할 자리는 없어지고, 어느 정도 친구를 좋아하는 성향이 이제 아예 집에 있기 싫도록 만들었을 수도 있다.

나는 미영 씨가 자신의 상황을 좀 더 거리를 두고 보기를 제안했다. 남편의 안 좋은 점만 보지 말고 가장으로서 역할을 할 수 있게 기회를 주라고 말했다. 남편을 "친구나 좋아하고 술 좋아하는 한량"이라고 말하기보다 잘하는 부분을 인정해주라고 했다. "한량"이라고 말하는 순간 상대로 하여금 진짜 그렇게 되고 싶은 마음이 들게 하기 때문이다. '어차피 잘해봤자 한량인데 그러지 뭐!' 하는 마음이 들게 되고, 미영 씨의 눈빛과 말빛을 보고 남편은 도망가고 싶기 때문이다. 마지막으로, 불안정한 부모로 인해 힘들었을 미영 씨를 위로했다. 어린 시절의 기억이 그렇게나 뼈아프게 새겨져 살아왔던 그녀 역시 얼마나 힘들었을까? 남편과의 관계 회복은 어쩌면 그녀의 뼈아픈 트라우마를 극복할 기회가 될 수도 있다. 이제, 그녀가 그 그늘에서 벗어나 새로운 양지에 발을 내딛기를 바란다.

엄마처럼 살기 싫다는
절박함

우리는 생의 가장 밀접한 타인을 '엄마'라고 생각한다. 세상에 나오기 전 한 몸이었다가 세상에 나와서도 가장 많은 접촉과 교감을 이루며 사는 사람. 바로 엄마다. 그런데 그 엄마란 존재가 너무도 두렵거나 거리감이 느껴진다면 어떨까? 그 엄마란 존재가 행복하지 않고 불행하다면 어떨까? 성인이 된 우리는 한동안 잊고 살던 엄마의 그림자를 자신이 엄마가 되는 시점에 다시금 떠올린다.

우리 엄마는 너무 짜요. 10원 한 장 아까워서 함부로 못 쓰는 분이에요. 휴지를 6칸 이상 쓰면 혼나구요. 동네에서 이것저것

버린 것을 주어다 쓰는 것은 기본이고 아직도 마루니 화장실이니 불 없이 살아요. 울 엄마는 스타킹에 줄이 나갔어도 그걸 또 신고 신어요. 구멍이 다 났는데도 신고 다니고요. 저는 그런 엄마가 정말 부끄러웠어요. 자식들이 아무리 용돈을 많이 드려도 여전히 예전 모습 그대로이신걸요. 물건을 잔뜩 쌓아놓고 버리지 못하고요. 어쩌다 청소하다가 뭐 하나 버리기만 해도 왜 버렸냐고 서운해 하세요. (김희연, 40대)

어머니는 늘 악에 받쳐 살았던 것 같아요. 동네 사람들과 싸우고 아버지와 싸우고 가족들과 싸웠어요. 그리고 늘 울었어요. 애들에게 소리 지르고 화내고. 완벽하게 무얼 해놓지 않으면 항상 화를 냈어요. 저에게 공부하지 않는다고 소리를 지르고, "너 같은 게 커서 무얼 하겠냐"고 말한 적도 있는데, 그게 잊히지 않아요. 청소를 깨끗이 못한다고 매 맞은 적도 있어요. 아주 어릴 적에는 엄마한테 혼나다가 팬티 바람으로 문 밖에 쫓겨난 적이 있는데, 세상에 어떤 엄마가 그렇게까지 모질까요. 난 수도 없이 다짐했어요. 엄마처럼은 안 될 거라고. (정현숙, 40대)

제가 고등학교 때 엄마랑 많이 다퉜어요. 전 공부에 흥미가 없었고 하기 싫었어요. 그래서 참고서 사라고 준 돈으로 옷을 사 입고 남자 애들이랑 놀고 그랬죠. 엄마는 그런 저를 단속하다 못해 나이 스물 넘어서까지 9시만 되면 통금이라며 저를 힘들게 했어요. 어떨 때는 엄마를 이기려고 엄마가 말하는 것의 반대로 일부러 했던 것 같아요. 결혼할 때도 제 남편이 못마땅하다며 심하게 반대했는데 그냥 해버렸어요. 엄마가 잔소리하는 그런 일은 절대 생기지 않을 거라는 마음에서요. (이정미, 30대)

당신은 어떤 엄마가 되길 기대했는가. 당신은 어떤 엄마가 되고 싶었는가? 그 기준은 각자 나의 엄마로부터 시작할 것이다. 엄마처럼 따뜻하고 자상한 엄마가 되고 싶은 반면 엄마처럼은 절대 되지 말자고 곱씹고 곱씹으면서 살려고 애를 쓰고 있을지 모른다. 그러면서 당신 역시 현실 속에서 아이들을 키우며 엄마를 더 많이 생각했을지 모른다. '우리 엄마도 살면서 이랬겠구나!' 싶어서 울컥 눈물이 날지도 모를 일이다. 아니 어쩜 당신이 아이들에게 소리 지르고, 공부를 강요하고, 딸아이의 하나하나를 염려하고 잔소리를 해대면서 엄마와 똑같이 그렇게 하고 있을지도 모른다. 혹은 그 옛날 "꼭 너 같은 딸 낳아서 엄마 맘이 어떤지 당해 봐라."고 말하는 엄마의 속상함을 내가 지금 경험하고 있을지도 모를 일이다.

엄마가 되고, 여자인 나로 살았을 때보다 훨씬 많아지는 역할로 힘에 부칠 때도 많다. 우리 집 말고도 삶 속에서 나를 찌들게 하는 것이 어디 이것뿐일까. 시댁일로 마음 상하고, 싱글일 때와 달리 아이들의 학비에 당신도 모르게 동전 하나에 벌벌 떠는 모습이 되어 있기도 하다. 다른 엄마들은 아이를 똑 부러지게 키우는 것 같아 자신감을 잃기도 하고, 멋진 커리어우먼으로 사는 친구들을 보면 나도 모르게 절로 고개가 숙여진다. 내가 꿈꾸던 엄마는 이런 모습이 아니었는데. 우아하고, 자상하고 지혜로운 엄마의 모습은 도무지 내게서 찾을 수가 없다. 그럴 때면 수시로 눈물이 차오르고 기분이 가라앉는다. 엄마보다 더 행복하게 살리라 다짐했건만, 겨우 나도 이 정도로 사는구나 싶은 생각이 들어서다.

괜찮다. 엄마에게 진 것 같아 분해하지 말고, 엄마처럼 될까 봐 불안해하지도 말자. 무엇보다 그렇게 싫은 엄마의 모습을 꼭 닮았다고 나를 저주하지도 말자. 나를 미워하고 싫어할수록 당신은 아이에게 똑같이 그럴 수 있다. 당신이 보는 대로 아이도 본다. 자신의 모습이 초라하고 자존감이 낮을수록 말이다. 당신이 믿는 대로 자녀를 믿기 때문에 비틀어진 자기 거울이라면 얼른 버리는 것이 좋다. 그렇지 않으면 당신은 그토록 싫었던 엄마의 모습으로 빨려 들어갈 것이다.

"엄마처럼 살지 않겠어!" 그것이 신념이 되어서 자신과 아이를 더욱 힘들게 할 수 있음을 기억하자. 엄마처럼 가난하게 살고 싶지 않아서 악을 쓰고 있는 당신은 아이의 가난함이 걱정되어 아이를 몰아세우지 않겠는가. 엄마처럼 잔소리를 하지 않겠다고 결심한 당신은 자녀에게 무한정 자비를 베푸는 것 같지만 어느 순간 화를 참을 수 없어 폭발함으로 아이로 하여금 더 혼란스럽게 만들고 엄마를 신뢰하지 못하게 만들 수도 있다. 비일관적이고 변덕스러운 모습이 당신 어머니와 무엇이 다를까. 엄마처럼 이혼녀로 살고 싶지 않다고 결심해서, 모진 상처를 참으면서 겨우겨우 결혼생활은 유지하고 있지만, 삶이 힘들고 우울해 나를 비롯한 소중한 이들에게 상처를 주고 있을지도 모를 일이다.

그토록 싫었던 엄마의 생처럼 살아도 무관하다고 말하는 게 아니다. 다만 과거 내가 슬프고 아프고 속상해했던 감정을 들여다보고, 지금 내가 엄마로서 어떻게 행하고 있는지 알아야 한다는 얘기다. 엄마에 대한 반감이 나에게 쓴 뿌리로 작용하여 또 다른 형태의 미운 엄마가 될 수도 있으니까.

기회가 된다면 엄마 때문에 상처 받았던 과거를 엄마에게 이야기할 수 있었으면 좋겠다. 그리고 그때 당시 지금의 당신과 비슷한 삶의 문제로 힘들었을 엄마를 보듬을 수 있었으면 좋겠다. 당신이 그때 엄마를 그렇게 만들었던 삶의 다양성을 비로소 깨닫고, '엄마도 불안하고 힘들어서 그럴 수밖에 없었구나!'라고 이해할 수 있기를 바란다. 그래야 상처 입은 당신이 진정 위로될 수 있을 테니까 말이다. 만일 엄마가 돌아가셔서 그럴 수 없다면 당신이 그때 엄마에게 듣고 싶었던 얘기는 무엇인지 떠올려 보자. 그것을 글로 써보고, 마음속의 엄마와 많은 대화를 나눠보자. 엄마와 나와의 엉켜 있는 감정, 나와 자녀의 엉켜 있는 감정이 서로 믹스되어서 아이에게 가지 않도록 감정을 분리할 수 있기를 기대한다.

당신이 엄마의 성격을 그대로 닮았다면, 어쩌겠는가. 닮음을 부인하려고 애쓰며 자신을 싫어하지 말고 자신의 성격을 있는 그대로 받아들이자. 그런 후 차분히 생각하자. 엄마와 닮은 그 성격이 진저리치게 싫겠지만, 그 성격의 좋은 면을 생각해보자. 모든 성격에는 좋은 면과 나쁜 면이 있다. 어느 것에 집중하느냐 하는 선택은 우리의 몫이다. 좋은 것에 집중해 발전시키면 성격의 강점이 더 좋아지는 거고, 나쁜 것에 집중하면 더 자신감만 떨어질 뿐이다. 예컨대 엄마의 거친 성격이 소란스러워서 싫었다지만 그 거침은 때로는 삶의 무게를 이기는 데 도움이 될 수 있다. 그렇다면, 그 사는 데 도움이 된 면에 감사하고 집중하자. 또 싫은 부분을 보완할 수 있는 다른 장점을 찾아 키워보길 바란다. 그러면 된다. 성격이라 어쩔 수 없다는 말보다는 그렇게 차츰 성장해갔으면 한다. 나는 부디 당신이 '엄마의 성격'이라 단정지은 그 굴레를 스스로 넘어서 더 자유로워졌으면 한다.

스트레스를 받는 사건 속에서 당신을 지켜나갈 수 있게끔 최선을 다하자. 어떠한 상황이라도 더욱 자신을 귀하게 여겼으면 한다. 누구나 스트레스 상황이 되면 과거의 어떤 기억이 발목을 옥죄어 온다. 그것이 엄마와 연결되어 있는 기억이라면 더욱 뿌리 깊게 당신을 흔들

것이다. 하지만 그렇게 살아온 당신의 삶을 원망만 하기에는 당신은
너무도 소중하다. 그렇지 않은가?

엄마가 되고도
벗어나기 힘든 편애의 굴레

전 요즘 많이 힘들고 외로워요. 그래도 친정집에는 가지 않아
요. 가면 위로를 해주는 게 아니라 상처만 받고 오거든요. 엄마
눈에는 그저 아들밖에 없어요. 오빠랑 막내를 위해 신경 쓰고, 없
는 돈도 모아서 주고 그들이 아프면 벌벌 떨며 울면서, 딸이 아
프고 힘든 것에는 눈썹 하나 깜짝 안 해요. 남편이 외도해서 죽을
만큼 외로워도 집에 안 갈 거예요. 아마 엄마는 남편에게 함부로
대한 내 탓이라고 할 거예요. (30대 여성)

어릴 적에 나는 단지 딸이라는 이유로 차별을 받은 경험이 있다. 오

빠와 나는 연년생이었고, 오빠는 장손이었기에 할머니 입장에서는 내가 못 미더운 것이 당연했는지 모른다. 아들 손주가 제 엄마 젖을 충분히 먹어야 하고 그렇게 먹어도 모자라는데 내가 연이어 태어났으니 할머니 입장에서는 손녀딸에게 장손이 밀릴 것을 생각하면 얼마나 안쓰러우셨을까. 그래서 나는 태어나면서부터 "지 오빠 잡아먹을 것"이라고 명명 당했다. 딸을 낳았다는 이유로 엄마도 산후조리를 잘 못하고 집안일을 했을 뿐 아니라 시댁 식구 밥 챙기다가 자신은 밥도 못먹을 때가 많아 눈물 나게 서러웠단다. 또 할머니는 여러 아들 중에 우리 아빠를 차별 대우하셨고, 그 차별은 며느리에게도 연결되었다. 그런 서러움은 고스란히 나에게도 쏟아졌다. 그래서인지 나는 백일잔치, 돌잔치도 못하고 말았다. 어린 시절 사진도 한 장 없이 자라 어찌나 서러웠던지 한동안 "남자니까 해줘야지" 식의 대우받는 말은 못견디기도 했다.

공교롭게도 우리 엄마도 외할머니에게 차별을 받는 딸이었다. 큰이모는 몸이 가녀리다고, 동생들은 어리다는 이유로, 엄마는 집안일을 떠안는 일이 허다했단다. 나는 나이 들어서 엄마가 외할머니로부터 당한 차별을 추억 삼아(?) 이야기할 때면 견딜 수 없이 화가 났었다. 내 경험까지 동시에 떠올라서였는지, 나는 엄마의 과거가 몹시도 안쓰러웠다. 엄마는 외할머니로 인해 깊이 상처를 받았지만, '아프다'고 표현하면 외할머니가 싫어할까 봐 두려워했을 것이다.

가족 관계 말고도, 나는 상담 현장에서 내담자가 받은 편애의 상처를 볼 때마다 그 날카로움에 치를 떤다. 한 사람의 생에 이렇게나 큰 상처를, 그것도 가장 보살펴 주고 돌봐주어야 할 엄마가 아이에게 줄 수 있는 것인가 되묻게 한다. 그리고 편애는 뿌리 깊은 대물림의 메커니즘을 갖기도 하기에 더욱 안타깝다. 나는 편애란 엄마가 할 수 있는 가장 큰 잔인한 행동이라고 생각한다.

엄마에게 사랑받지 못한 딸은 한을 가지고 있다. 그리고 그렇게 자란 딸은 엄마에게 사랑 받으려고 눈치를 본다. 엄마의 사랑을 얻어 내려고 애를 쓴다. 때로는 거센 반항으로 엄마에게 대들고, 질풍의 사춘기를 보내는 것으로 관심을 끌기도 한다. 때로는 엄마가 하라는 대로 하면서 자신의 감정은 없는 것처럼 산다. 알아서 엄마가 지적할 것이 없게 만들기 위해서 강박적으로 청소하고, 자기 것을 지키려 들기도 한다. 아프면 아프다, 싫으면 싫다, 정확하게 얘기하지도 않는다. 엄마가 그런 자신을 싫어할까 봐 말이다.

사랑받기 위한 몸부림이 이토록 강한데도 엄마의 눈은 언니나 오빠, 동생을 향해 있다. 딸의 마음은 늘 불안하고 우울하다. 불안하고 우울한 것을 잊으려고 산만할 수도 있다. 그러면 엄마의 구박은 또 반복된다. 오빠가 공부를 잘해오면 "어휴 잘했다. 내 새끼!" 하면서, 내가 공부를 잘하면 "어! 그래" 정도로 반응하는 엄마. 딸은 독하게 마음을 먹는다. 어차피 혼자 사는 세상이고, '내가 나를 지켜야겠구나' 생각하며 마음을 서서히 닫아 걸게 되는 것이다.

엄마는 아이들에게 전부이며, 우주다. 엄마의 눈빛이 어디로 향하고 있는가는 아이들에게 매우 중요하다. 그럼에도 엄마들은 편애를 멈추지 않는다. 편애의 이유도 다양하다. 어떤 아이는 첫째라서, 어떤 아이는 막내라서, 어떤 아이는 똑똑해서, 공부를 못해서 등의 이유로 편애를 한다. 때로 자신이 싫어하는 남편의 모습을 닮아서, 아니면 부족하기만 한 자신을 닮아서. 정확한 이유도 없이 아이를 차별할 때도 많다. 아이들은 그 차별에서 자신을 지키기 위해 나름의 이유를 만든다. 내가 못해서, 내가 못나서 엄마가 나를 차별한다고 말이다.

최고의 두려움을 피하기 위해 차선을 선택한다는 말이 있다. 아이에게 있어 엄마가 나를 이유 없이 싫어한다면 그것은 곧 절망이고 앞으로도 엄마가 나를 좋아할 수 없다는 뜻이다. 그것이 가장 불행한 일이기 때문에 차라리 '내가 못나서' 라고 받아들이는 것이 희망이 될 수 있다. 내가 공부를 잘한다면 언젠가는 엄마는 나를 사랑해줄지 모른다는 희망이 생기기 때문이다. 나의 어머니도 아마 외할머니가 무턱대고 자신을 싫어한다는 것을 받아들일 수 없었을 것이다. 그래서 엄마는 차선을 선택하였다. '큰 언니는 몸이 약하고, 동생은 어려서' 자신이 지금 차별을 받는 거라고 말이다.

엄마의 편애는 아이들로 하여금 자신을 부적절한 존재로 생각하게 만든다. 이것은 엄마의 잘못인데 아이는 자신의 잘못이라고 생각한다. 그렇게 자신을 비난하고 더 숨을 쉬기에 좋은 쪽으로 생각하면서 내면에 깊은 상처가 있는 지도 모른 채 딸은 성장한다.

그 딸이 결혼해 새로운 가정을 꾸리게 된다면 어떨까? 은연중에 엄마에게 받은 편애를 자녀에게 대물림하지 않고 살아갈 강건한 여자들은 많지 않다. 결혼생활에서도 눈치를 보고, 자식들에게도 어느 한쪽으로 치우치게 대한다. 온전히 내 것은 지금의 내 가족밖에 없기 때문에…. 남편과 아이들은 집착하는 아내와 엄마를 불편해하며 본의 아니게 그녀에게 상처를 주는 일을 반복하게 된다. 엄마가 된 딸은 상처를 받아도 돌아갈 곳이 없다. 편애가 그녀에게 남긴 가장 큰 문제는 바로 거부당했다는 기억과 애착의 부재로 인해 쉽게 사람을 믿을 수 없다는 것이다. 또 자신이 받은 사랑이 없기 때문에 아이와 남편에게도 적절히 사랑을 주는 것이 어렵다. 자존감이 낮기 때문에 그것을 보상받고 싶어하는 마음으로 남편과 아이를 대할 수 있다.

엄마들은 편애에 대해 흔히 "깨물어서 안 아픈 손가락이 있느냐"고 반문하지만, 사실은 '덜 깨무는 손가락이 있다는 걸' 엄마들은 모르고 있다. 피해를 받았던 내가 가해를 하고 있다는 걸 모르고 있다. 내 아이가 나의 차별로 인해서 얼마나 고통의 시간을 보내고 외로운지 정말 모른다. 아이가 불안하고 속상한 얼굴이었어도 아마 읽지 못했을 것이다.

엄마의 편애는 가장 큰 죄악이다. 사랑을 받은 자나 받지 못한 자 둘 다 망치는 일이다. 편애를 받은 자는 엄마의 치중된 사랑에 반응해 사랑을 독차지했다는 이유로 오만방자하고, 교만해진다. 그렇게 키운 아이로 인해 엄마는 더 상처를 받게 될지도 모른다. 온실의 화초처럼 자라서 독립적으로 자신의 삶을 살지 못하는 아이. 무슨 일이건 엄마가 도와줄 것으로 착각해서 의존적이고 자기 중심적인 아이. 엄마는 아이를 자기가 그렇게 키운지도 잘 모를 수 있다. 그런 자녀는 엄마의 삶에 한이 될 수도 있는 일이다. 그러므로 '더 아껴준 녀석은 그나마 잘 되겠지' 하는 착각은 버려야 한다. 자식을 진정 사랑한다면 공평하게 고루고루 마음을 주어야 한다.

편애의 굴레를 넘어서고 싶다면, 편애의 유혹을 뿌리치고 싶다면 어떻게 해야 할까? 우선 당신의 사랑이 치우치는 이유를 찾아보았으면 한다. 앞서 말했지만 편애는 강력한 대물림의 메커니즘을 가졌기에, 당신의 과거에 이유가 들어 있을 것이다. 첫째보다 둘째가 더 예쁘다면, 첫째에게 떠올리기 싫은 사람의 흔적이 연상되었기 때문일 수도 있다. 혹은 자신이 어릴 적 공부를 못해 차별 당했다면, 공부 잘하는 아이에게 거는 기대가 남다를 수 있다. 무수히 많은 편애 이유 가운데 더 많은 부분은 엄마 자신의 불안에서 나온다는 걸 알아차리면 된다. '사랑받지 못했다는 기억이 주는 불안감이 현재까지 힘을 부리는 모양새'에서 벗어나야 한다.

그리고 아이를 소유물이 아닌 존중해야 하는 한 명의 사람으로 인정해보자. 그렇다. 아이를 존중해줘야 한다. 공평하게 사랑을 나눠주는 것이 잘 안 된다면 또 다른 사람으로서, 존중부터 시작하자. 물론, 공평한 사랑을 담도록 노력해야 한다. 아이에게 일관성 있고 예의 있게 대한다면 아이는 좀 더 편안함을 느낄 수 있게 될 거고 엄마의 사랑을 먹고 잘 자랄 수 있다.

한편으로는 나만의 것, 내 편을 만들고자 하는 인간의 심리가 작용하기도 하기 때문에 편애를 하는 당신의 한계를 어느 정도 인정하는 것도 필요하다. 여고시절 나만의 짝꿍, 나만의 친구에 마음을 뺏기고 그 친구가 다른 친구와 친한 것을 아니꼽게 보았던 경험이 우리에게 있지 않은가. 그러니 편애를 하는 당신을 미워하지 말고 '내가 외롭구나', '내가 위로와 지지가 필요하구나', '내 편이 필요하구나' 하며 위로해주자. 단, 그 편을 자식에게서 찾지 말고 부부생활, 당신만의 생활과 여유, 당신의 친구 그중에서 찾으면 된다.

또 차별 받았던 당신도 위로받아야 한다. 그 당시 엄마에게 받고 싶었던 말은 무엇인지, 엄마는 왜 해주지 못하셨는지 충분히 얘기를 나눠보자. 물론 이 일은 용기를 내야 할 일이다. '엄마도 사느라 힘들어서 그랬을 거야'라며 머릿속으로 이해하려고만 하지 말고 표현을 해보자. 서러움을 하나하나 편지로 써보고 나서, 그걸 보내지 않더라도 괜찮다. 그리고 그렇게 서러운 삶을 버텨온 당신이 "참 대단하구나. 애썼구나!" 하며 위로해주었으면 한다. 그런 다음 엄마의 고단한 삶에 대해서도 보듬어주길 바란다.

벼랑 끝에 섰던 기억

　　11월의 늦가을 햇살이 내려 비추기는 했으나 바람이 차가워서 볼이 빨개지는 날이었다. 오전 11시, 상담실 문을 열고 한 엄마와 고등학교 1학년 딸이 들어왔다. 서글픈 얼굴에 부스스한 긴 머리, 가냘파 보이는 40대 엄마는 자신보다 덩치가 더 큰 딸아이를 데리고 오느라 무척 힘이 버거운 모양이다. 방에 들어오자마자 자리에 털썩 주저앉는다. 엄마의 얼굴에는 진한 피곤함이 깔려 있다.

　　딸아이가 며칠째 학교를 가지 않고 PC방으로 가 있었단다. 엄마는 전혀 모르고 있다가 학교 선생님의 전화를 받고 알았다. 딸 민아는 입을 굳게 다문 채 아무런 얘기도 하지 않았다. 모자를 푹 눌러쓴 민아는 눈을 마주치지 않았고, 외투에다 스카프나 목도리를 걸쳐야 추위를 면할 날씨에도 후드티 하나만을 입고 있었다. 손과 얼굴, 목까지 모두 빨갰지만 엄마도 민아도 그런 것에 신경 쓰지 않는 듯했다.

엄마는 오후에 D의류시장 종업원으로 교대 근무를 가야 해서 오전 시간에만 상담이 가능하다고 했다. 엄마는 민아와 떨어져서 산다. 벌써 4년째 이렇게 지낸다고 한다. 엄마의 핸드폰은 아이들만 알고 있고, 일이 있을 때마다 몰래 엄마에게 전화해서 도움을 받는다고 한다. 오빠는 대학생이고, 엄마에게 전화도 잘하며 같이 식사하는 일도 많았다. 남자애답지 않게 애교도 부리고, 일상 얘기를 잘하며 용돈타령도 서슴없이 하는 밝은 아이다. 하지만 민아는 절대 엄마에게 도움을 요청하는 일이 없다고 한다. 자신의 이야기를 하는 일도 없다. 엄마는 오빠를 통해 민아의 근황을 묻고 이것저것 챙겨 보내기도 하지만, 딸 민아는 아무 반응이 없었다고 한다.

이 가족이 왜 이렇게 지내고 있는 걸까? 이 가족은 아버지의 폭력으로 인해 이렇게 갈라져 지내고 있었다. 엄마 지선 씨는 남편의 폭력에서 생존의 위협을 느꼈다고 했다. 지옥 같은 생활을 하다가 이제는 남편이 찾아올 수 없는 곳으로 도망쳤다. 처음에는 아이들과도 연락 없이 2년을 보냈다. 그 후 고생하며 겨우 자리를 잡아서 아이들과 몰래 연락하고 지내는 정도가 되었다고 한다. 남편은 결혼 후 10년 동안은 따뜻한 남자였다. 간혹 술을 먹으면 밤늦게까지 잠을 못 자게 굴고, 말을 많이 하는 행동은 있었어도 폭력은 없었다. 하지만 바깥일이 잘 풀리지 않자 술을 먹는 일이 매일 반복되었다. 술기운에 처음에는 뺨을 때리다가 나중에는 닥치는 대로 폭력을 행사했다. 아직 어렸던 아이들은 울며 두려워했고, 지선 씨는 남편이 들어오지 못하게 문을 잠그고 울며 지새운 적이 많았다.

그렇게 위협적인 상황에서 엄마는 왜 자신만 빠져 나온 것일까? 딸 민아는 자신들을 두고 엄마 홀로 나간 것에 대해 원망이 컸기 때문에 엄마와는 아무런 교류도 하려고 하지 않았다. 지선 씨는 폭력 앞에서 '학습된 무기력'을 보이고 있었다. 알고 보니, 지선 씨는 어린 시절에도 가정 폭력 상황에 노출된 적이 있었던 것이다.

형제가 많았던 지선 씨는 아버지의 폭력에 온 가족이 저항하는 어린 시절을 보냈다. 하지만 너무 어려 아무 힘을 쓸 수 없었던 그때와 달리, 지금은 지선 씨도 어른으로 할 수 있는 많은 조치들이 있다. 그럼에도 자꾸 현재 상황이 어린 시절의 기억과 오버랩 되어 무기력하게 방치하고 있는 것이다. 혹 과거 그런 경험이 없다 해도 폭력 자체가 사람을 무기력하게 만드는데, 그녀는 어릴 적에도 그런 경험이 있었으니 그 무기력이 더 컸을 거라는 생각이 든다. 너무 큰 스트레스 상황에 압도되어 아무것도 못한다고 지레 겁먹고 회피해버리는 모습. 벼랑 끝에 섰던 기억은 어른이 된 그녀를 강하게 지배하고 있었다.

그녀를 벼랑 끝에 몰고 간 아버지는 그녀가 17세일 때 생을 달리하셨다. 큰언니는 중학교를 나온 후 바로 공장에 들어가 일을 했고, 작은언니도 상고를 나왔다. 오빠는 대학을 나왔지만 좋은 직장을 잡지 못했다. 큰언니는 까다로운 남편을 만나 힘들지만 그런대로 살고 있고, 작은언니는 이혼을 했다. 오빠는 결혼을 하지 않았고…. 과거의 상처는 현재까지도 식구들을 고통스럽게 한다. 언니 오빠들은 막내인 지선 씨가 따뜻한 남자를 만나서 잘 사는 줄 알고 있었다. 그래서 그녀는 결혼생활에 대해 집에다 얘기하지 못했다. 힘든 일이 있어도 웃으며 전화하고, 어쩌다 내려가는 고향 집에는 좋은 모습으로 위장을 하고 갔기 때문이다.

오랫동안 입을 다물고 있던 민아는 상담이 진행되자 미용 공부를 하고 싶다고 털어놓았다. 나는 민아가 아무것도 하려 하지 않고, 절망 속에서 사는 줄 알았는데 다행히 자신의 하고 싶은 일을 찾았다는 것이 무척이나 고마웠다. 그 꿈이 아이에게 어떤 돌파구일지는 모르지만, 학교에서조차 한마디도 하지 않고 지내던 아이가 그래도 자신의 내면과 소통하며 스스로 하고 싶은 것을 찾아낸 것이 정말 기특했다. 문제는 민아의 마음을 아빠에게 이야기할 수 없다는 것이다. 지선 씨는 남편에게 아이가 학교에 다니기 싫어서 무단결석을 하였고, 미용 공부를 하고 싶어서 자퇴하려 한다고 말하면 큰 일이 날 거라고 걱정하고 있었다. 남편은 민아가 학교에 안 가고 미용을 배운다는 것을 싫어할 뿐 아니라 아이를 심하게 몰아붙일 사람이기 때문이다. 민아의 자퇴 허락과 학원비 같은 경제적인 지원을 위해서라도, 민아를 도우려면 지선 씨가 남편과 만나야 하는데 그 공포를 도무지 감당할 수 없다고 한다.

엄마 지선 씨는 모든 결정 앞에 무기력하고 아무것도 못하고 있었다. 단지 뒤에서 아이들의 용돈이나 옷가지 등을 선물하고 가끔 밥을 같이 먹는 정도로 돌볼 뿐이다. 누가 자기 새끼를 옆에서 돌보고 싶지 않았으랴. 그럼에도 너무 무서워서 아이들을 놓아두고 도망나왔지만, 지선 씨의 고통은 여전하다. 딸아이 민아는 무서운 아빠 곁에 자신들을 놔두고 혼자 도망간 엄마를 증오하다 못해 이제는 말도 섞고 싶지 않아한다. 지선 씨는 자식에게 이런 푸대접을 받는 고통을 또 겪어야 한다.

지선 씨를 뒤흔드는 두려움은 충분히 이해할 수 있다. 하지만 이제 그녀는 자신이 두려움을 이겨내고 아이를 지킬 수 있는 엄마임을 믿어야 한다. 그녀에겐 딸 민아를 도울 수 있는 능력이 있다. 아니 없다고 하더라도 엄마이기 때문에 자신을 더 믿어야 한다. 지선 씨 자체는 약하지만 엄마는 엄청 강한 사람이니까 힘을 낼 수 있으리라고 믿는다. 무서운 남편을 대면할 필요는 없다. 하지만 전화나 메일로라도 딸에게 무엇이 필요할지 전달하는 노력은 필요하다. 두려움은 회피하면 할수록 그 부정적 믿음이 더욱 확실하다고 믿게 되어, 더 커진다. 그러므로 설령 문제가 해결되지 않더라도, 두려움 때문에 행동하지 못해서는 안 된다. 그래야 자신을 믿는 힘도 더 강해질 것이고, 아이도 더 이상 엄마가 도망가는 사람이 아니라는 걸 알게 될 것이다. 그것으로도 족한 일이 된다.

그리고 지선 씨는 과거의 폭력에서 자유로워져야 한다. 아빠가 폭력으로 온 가족을 공포로 몰아넣을 때, 지선 씨는 어렸다. 아무것도 할 수 없을 만큼. 폭력은 생존의 위협마저 느끼게 하는 가혹한 고통이자 공포다. 그럼에도 그 공포를 경험하고 버텨온 지선 씨가 얼마나 내공이 있는 사람인지 알아야만 한다. 당신은 매일매일 불안하고 살얼음 걷듯이 겁나는 상황을 견뎌낸 진정한 강자다. 당신이 정말 우는 것 외에는 아무것도 하지 않았을까? 당신이 우는 것은 당신이 할 수 있는 가장 큰 저항이 아니었을까? 당신이 아픈 것을 참아낸 것만으로도 매우 큰일을 해낸 것이다. 당신 스스로 아무것도 못하는 사람이라고 믿지 말자. 그러므로 못났다고 자학해서도 안 된다.

폭력에 노출된 사람은 무기력해진다. 생존을 위협 당하는 기억은 깊이 피해자를 지배한다. 벼랑 끝에 서본 적이 있는가? 폭력은 차라리 벼랑 너머로 몸을 던지고 싶을 만큼 남을 파괴하는 행동이다. 가정폭력으로 인해 받은 몸의 상처보다 마음의 상처가 훨씬 더 오래간다.

우울해하고, 가정이 아닌 다른 일에 몰두해서 또 다른 중독을 만든다. 일중독, 섹스중독, 알코올중독, 쇼핑중독 등. 자신을 지탱해줄 무엇인가를 부여잡기 위해 생활의 균형은 무너지게 된다.

폭력에 노출된 아내들은 집이 안전한 곳이 될 수 없기 때문에 늘 불안하고 긴장된다. 건강했던 여자도 폭력 앞에 자신감을 잃게 되고 자신에 대한 이미지 또한 부정적으로 변한다. 그 환경에 놓인 아이들은 또 어떤가. 때로 여자아이들은 성에 일찍 노출되기도 한다. 남자아이들은 식구들을 지키지 못했다는 이유로 깊은 죄책감과 수치심을 가지고 산다. 학교에서도 좋은 인간관계를 맺지 못하고 겉돌기도 한다. 그래도 부모에게 말하지 못한다. 매 맞는 엄마가 절망감으로 인해 자녀들을 위로해줄 여유가 없기 때문이다. 엄마, 아이들 모두 두려움과 공포에 자신의 능력을 다 제대로 발휘하지 못한다. 심지어 기억력이나 이해력, 집중력 장애가 일어나기도 한다. 아이의 경우, 학습능력에도 부정적인 결과를 가져올 수 있다.

가정폭력의 아픔이 있는 엄마들은 오래도록 쌓인 분노와 거부감, 자신에 대한 부적절감을 표현하고 위로 받아야 한다. 할 수 있는 한 집중해서 자신이 매 맞아도 되는 여자가 아님을 자꾸 기억해야 하고, 내가 얼마나 괜찮고 좋은 여성인지 칭찬해주어야 한다. 당신이 못났거나 혹은 남편을 잘못 선택해서 맞은 게 아니라 그 남편이 정말 잘못된 사람임을 상기시켜주어야 한다. 당신 잘못이 아님을 기억하자. 부끄럽다고 생각하지 말고 당당하게 지인들에게 도움을 요청하고 필요하다면 경찰에게 보호 요청도 하라. 할 수 있는 한 최선을 다해서 폭력과 거리를 두고, 내 삶을 살 수 있는 기력을 찾는 데 집중하는 것이 필요하다. 필요하다면, 전문가의 도움을 받으라. 당신은 여전히 귀한 사람이라는 것을 잊어서는 안 된다. 내가 어릴 적 그렇게 대접 받지 못했고, 지금도 대접받지 못하고 있더라도 당신은 매우 귀한 사람이다. 그 힘을 믿어 보자.

내 가족이 아니라
어머님 가족인 남편

"우리 남편은 막내인데 자기가 집안일을 다 책임지려고 해요. 아니 검사 형님도 있고, 의사 누님도 있는데…. 힘들게 자영업 하는 우리 남편이 뭐가 그렇게 대단하다고 부모님이 서울에 올라오실 때마다 며칠씩 우리 집에서 모셔야 한다고 우기냐고요. 어머니가 조금만 몸이 안 좋다고 하면 가게 비우고 병원으로 득달같이 달려간다니까요. 결혼하고 나서 지금까지 13년을 꼬박 주말마다 시골에 내려가서 부모님 농사짓는 것까지 거들어 드리고…. 애들도 시골에 계속 데리고 다녀서 저 정말 힘들었어요. 나는 친정집에 간 적이 별로 없어요. 힘들어서 이제 저는 시골에 안

간다고 하고, 애들도 공부 양이 많아져서 이제 안 내려가는데 우리 남편은 여전해요. 우리 두 사람 일로는 싸울 일이 없는데, 꼭 시댁일로 싸운다니까요." (이주희, 30대)

"홀시어머니에 외아들과 결혼하는 거, 복장 터지는 일이에요. 남편은 아내가 둘이라니깐요. 시어머니랑 신경전을 벌여야 하는 제 고통을 이해하시겠어요? 저는 언제나 시어머니, 애들 다음으로 세 번째에요. 뭐든 시어머니랑 의논하고 시어머니가 하라는 대로만 하고요, 제가 뭐라고 타박하면 조르륵 어머니한테 달려가 이르는지, 시어머니는 바로 알고 저를 혼내더라고요. 심지어 아이들 일까지 시어머니 말대로지요. 제 의견은 무시하고 어른 말씀을 안 듣는다면서 막 뭐라 해요. 늘 이런 식이었어요. 저에게 왜 홀로 계신 시어머니 마음을 그렇게 몰라주냐고 하면서 한 번도 제 편을 든 적이 없다니까요. 아니 그럼 시어머니랑 아예 살지 왜 나랑 결혼한 거냐고요." (최선주, 40대)

사랑하고 사랑받고 알콩달콩 예쁜 꿈을 꾸었건만 신혼부터 시댁 중심으로 가는 남편들을 보면서 아내들은 마음이 상한 게 한두 가지가 아니었을 것이다. 내 편이 생긴다는 것. 그것 한 가지가 좋아서 결혼했는데 도대체 결혼했어도 내 편은 어디가고 더 외롭게 만드는지 모를 일이다. 왜 좋은 며느리를, 시어머니를 싫어하는 못된 며느리로 만드는가 말이다. 억울하고 분해서 정말 아내들은 미칠 지경이다. 상대적으로 남편보다는 아내 쪽이 관계에 더 민감하게 반응하기 때문에, 주로 이러한 분노는 아내 쪽에서 먼저 터져 나온다. 문제는 아내의 분노가 이토록 뜨거운 걸 남편은 잘 감지하지 못한다는 것이다. 아니 감지하더라도 이해하지 못하고, 아내를 책망하는 노선으로 간다. 사랑하지만, 이제 막 함께하게 된 아내보다는 평생 나를 보살펴준 엄마가 훨씬 더 이해되기 때문일 것이다.

많은 남편과 아내들이 결혼하면 몸과 마음, 정서도 독립하여야 한다는 결혼 주례 앞에 맹세를 하지만, 정작 현실에서는 여전히 누군가의 자식들로 더 살아가고 있다. 결혼했다고 당연히 부모와의 연을 끊어서는 안 되겠지만 문제는 자신이 꾸린 가정보다 자식 노릇에 더 치중하기에 생긴다. 특히나 남편들은 새 가정을 통해 효도를 하려는 양상도 꽤 자주 보인다. 외로운 아내들은 그런 남편들을 보면서 사랑받지 못한다고 생각하고, 그렇게 만든 원흉을 시어머니에게 돌리면서 계속 앙금이 쌓인다. 결혼했지만 남편은 여전히 내 가족이 아닌 어머님의 가족으로 살기를 바라는 것 같고, 시댁도 그걸 원하는 것 같다. 그 고립감이 아내를 더 지치게 하고 관계를 악화시키는 것이다.

지혜로운 남편이라면, 아니 성숙한 사람이라면 아내를 먼저 챙기고 아내를 잘 다독거려야 그 마음으로 시어머니에게 더 잘할 수 있다는 걸 알 것이다. 여자는 관계에 예민한 만큼 누구나 자신을 좋아해주길 바란다. 남편에게 사랑 받고 있다는 든든한 믿음이 있으니, 이제 더 나아가 시댁 식구들과도 호의적으로 관계를 만들려 노력하게 될 것이다. 물론, 분리된 가족의 형태로 말이다. 하지만, 현실에서는 이러한 점을 미처 알지 못하는 남편들이 더 많다.

어쨌든 아직도 원 가족과 분리가 되지 못한 남편을 만나는 아내들은 힘들다. 남편에게 왜 사랑해주지 않느냐고 말하기도 자존심이 상한다. 계속 귀에 딱지가 앉도록 얘기해도 듣지 않는 그들의 고집에 상처를 받는다. 그래서 더 이상 싸우지 않으려고 무심한 척하고 남편과 부딪히지 않으려고 애쓰는 과정에서 남편과의 관계가 냉담해진다. 아내가 정말 남편과의 관계에 무심해지는 것이 아니라 '척'을 하는 것이기 때문에 관계 긴장도는 더욱 팽팽해진다. 그리고 아내들은 남편에게 향할 에너지를 아이들에게 집착하는 것으로 대체한다.

다시 말해, 시어머니가 아들에게 집착하는 것과 같은 양상을 자신도 반복시킨다는 것이다. 아니면 자신의 속마음을 같이 맞장구 쳐줄 아이(주로 딸)에게 남편에 대한 서운함을 표현하면서 자기편을 만들고 밀착을 이루는 것이기도 하다. 이 과정에서 가족은 편이 갈라지며, 소외받는 가족이 생기게 된다. 남편은 이런 관계가 피곤해 더 집안일에 관심을 갖지 않게 될 수 있다. 주로 아내들은 남편을 가정으로 돌아오게 하기 위한 방법으로, 아이들의 잘못을 얘기하며 혼내주라고 부탁한다. 남편들은 아내의 지속적인 불평을 해결하기 위해 나서서 아이들의 기강을 잡으려고 화를 내거나 혼을 낸다. 참 슬프지 않은가. 집안 모두가 들썩들썩 싸우거나 말없이 냉랭하거나…. 이런 과정은 계속 반복된다. 상처 받은 사람들이 다 같이 하는 말은 "나 좀 제대로 봐줘!"가 아닌가. 그 말을 하지 못해서 이렇게 지지고 볶고 싸우고 있다.

관계 문제로 이렇게 가족이 힘들어져야 되겠는가? 나는 엄마들에게 결혼 후 배우자와의 관계에 불신, 실망이 더해진다면 제일 먼저 할 일은 '남편 원망'이 아니라, '자기 챙기기'라고 말하고 싶다. 남편을 원망할수록 남편은 더 당신에게서 멀어지려고 할 것이다. 또 그런 과정에서 당신도 스스로를 문제 있다고 보면서 자존감이 낮아질 수 있기 때문이다. 자존감이 낮은 상태에서 남편을 보면 분노만 더하고, 문제가 해결되지 않을 것 같은 절망만 더해질 뿐이다. 어떻게든 내 편을 만들기 위해 자식과 과도하게 밀착되어 나도 모르게 의존하게 될지 모른다. 그러니 먼저 갈등을 해결할 컨디션 회복이 우선이다. 건강하고 진정된 몸과 마음가짐으로, 상황을 보자. 그러면 관계에 있어 내가 할 수 있는 일이 보일 것이다.

자기 자신을 챙기기 위해서는 가족 속의 '나'가 아닌, 온전히 '나'로서의 모습을 찾아보는 것도 방법이다. 평소 가정 일로 놓쳤던 당신의 취미를 살려 봐도 좋을 것이다. 서점에 나가 보거나 차가 있다면 한참 음악을 들으며 드라이브도 해라. 가까운 곳으로 기차 여행을 가도 좋을 것 같다. 산책을 하고, 젊은 시절 자주 갔던 극장에 가거나 연극을 한 편 보는 것도 괜찮다. 오랜만에 친구와 만나 근사한 카페에서 차도 마시며 분위기도 즐겨라. 충분히 나를 위로하는 시간, 나에게 선물로 주는 시간을 가져보자. 그러면서 불쑥 남편을 원망하고 싶고, 욕하고 싶은 마음이 든다면 속 시원하게 하자. 단, 마음속이나 숲실이나 마나를 보고 말이다. 그런 후 마음이 다독여졌다면, 관계의 원리를 이해하자. 남편이 그럴 수밖에 없는 심리적인 원인을 추측해보는 것이다.

남편이 아내에게 돌아오려면 시간이 필요하다. 당신이 남편과 같이 살아온 인생보다 더 많은 시간을 남편은 시어머니와 살아왔다. 그가 갑자기 내 편이 된다는 것이 쉽겠는가 말이다. 여자들끼리 친구를 사귈 때도 이미 친한 그룹에 끼려면 더 많은 에너지가 필요하지 않은가? 마찬가지다. 에너지가 더 들 수밖에 없다. 남편은 결혼했더라도 예전 모습을 아예 벗을 수는 없을 것이다. 그런 것을 전제로 하고 지금까지 했던 방법을 조금 바꿔 보자. 관계에서 아내가 조금만 방향을 틀어준다면 충분히 행복한 삶을 살 수 있다.

우선 남편이 효자가 될 수밖에 없는 그 마음 배경을 들여다보자. 검사, 의사와 같이 잘 나가는 직업을 지닌 형제 가운데서 남편이 엄마에게 무엇으로 인정을 받아왔을까 말이다. 엄마의 관심을 받고 싶어 애써온 남편의 서러운 마음이 보이지 않는가. 삶의 동반자로서, 그런 남편에게 핀잔을 주기보다는 "정말 애쓴다"고 그 마음을 공감해주는 것이 어떨까. 남편은 자기편인 엄마를 떠나 홀로 선다는 것에 대한 불안을 가지고 있다. 남편들은 아내를 의지해야 할 사람이 아니라 자신이 돌봐야 할 사람이라고 생각한다. 그렇기 때문에 자신이 버텨온 것을 그렇게 쉽게 자를 수 없는 일이다. 남편도 '불안하구나' 하고 이해해보려는 건 어떨까.

자, 이제 당신이 그 대상이 되어야 한다. 남편들을 많이 칭찬해주고 인정해주라. 남편의 자존감을 키워줘야 부모로부터의 분리도 가능하다. 남편이 행한 일에 대해 존경과 감사를 표시하라. 그렇게 하고 싶지 않아도 그렇게 해야 한다. 왜냐하면 당신은 그동안 남편이 불안하고 긴장해야 하는 여자였기 때문이다. 아무런 부끄러움 없이 힘든 모습을 보이며 기댈 수 있는 존재는 아니었단 말이다. "당신은 늘 어머니가 먼저죠?"라고 비난하지 말자. 그럴수록 남편은 더 멀어진다. 어머니에게서 느끼는 위로, 편안함이 당신에게서 나와야 남편이 한 걸음씩 더 올 수 있다. 그 말이 바로 칭찬, 인정, 존경이다. 그리고 그 말을 하게 되면 남편도 남편이지만 당신의 마음에서도 변화가 일어날 것이다. 말의 힘은 생각보다도 강하다. 말을 고치면 그에 걸맞는 태도도 신경 쓰게 되고, 생각도 달라지게 된다. 칭찬, 인정, 존경은 당신에게도 매우 이로운 선택이 될 것이다.

또한 당신이 더 잘났고 똑부러진다는 것을 너무 티내지 말라. 남자들은 승부에서 지고 싶어하지 않는다. 심지어 부부관계에서라도 말이다. 포인트는 시어머니에게 향하는 마음이 당신에게 오기 위함임을 잊지 말자. 물론 그 일까지 하려면 당신은 신경을 쓸 게 많다. 그래도 매일 싸우는 것보다 낫지 않은가. 조금만 지혜로워지자.

감당하기 힘든
또 하나의 가족

　　엄마 사이트에 들어가면 가장 뜨거운 이슈는 바로 '시월드'다. 시댁 식구들을 아우르는 은어인 '시월드'는 엄마의 공적(公敵)과도 같은 느낌을 준다. 남편과의 사이는 좋은데 하여간에 시월드가 문제라고 호소하는 엄마들. 한 집안을 좌지우지하는 정말이지 무서운 시월드다. 우리나라 며느리라면 누구나 공감하는 이 단어에 얼마나 사는 게 퍽퍽해지고, 삶을 힘들게 하는지 느낄 수 있다. 아무리 부부애가 좋아도 '시'자가 끼면 갈등이 생기고 두 사람 때문에는 안 싸우더라도 시월드 때문에는 자주 싸우고 할퀸다. 아내들은 참 많이도 시댁의 무례함에 상처를 받는다.

이것은 결혼하면 시댁 우선이 되는 우리나라의 문화적인 강요와, 양성평등 시대를 살아가는 며느리 세대의 충돌이기도 하다. 실제로 명절 전후에 스트레스로 상담실을 찾아오는 엄마들이 많다. 많은 엄마들이 시댁에만 갔다 오면, 아니 가기도 전에 머리가 아프고 우울해진다고 호소한다. 시댁에 다녀와서는 며칠씩 남편과 얘기하기도 싫고, 감정이 상해서 서로 싸우다 보니 아이들이 불안해한단다. 그럼에도 이미 분노로 예민해진 엄마는 감정조절이 되지 않아 아이들에게 짜증을 내기 일쑤라고 속마음을 털어놓는다. 이런 엄마들의 고통을 잘 모르는 자녀들은 엄마가 마치 마녀가 된 것 같다고 오해한다. 그나마 명절이나 생일 때만 시댁을 다녀오는 경우는 차라리 낫다. 동네 근처에 시댁이 살거나 시댁과 한 집에서 같이 사는 경우는 아내들의 스트레스가 이루 말할 수 없다. 그 사이에서 아이들도 정서적으로 방치되고 혼란을 겪게 된다.

물론 시댁이 모두 무례한 것은 아니다. 때로 며느리들이 더 독하고 못된 경우도 있다. 어쩜 '시월드'라는 것 자체가 며느리들의 기준에서 나온 얘기이기 때문에 며느리들은 모두 옳고 시댁은 모두 나쁘다는 이분법적 사고를 가져올 수도 있다. 며느리들의 소소한 불만, 수다거리가 쌓이다 보면 정말 무례한 시댁이 만들어질 수도 있을 것이다. 어쩌면 관계를 더 섬세하게 보고 느끼는 아내가 남편보다 조부모에 대한 생각이 많아지기에 시댁 이슈가 늘어난 것일 수도 있다. 하지만 상담 현장에서 시댁 일로 스트레스를 받고 분을 토하고, 삶의 무력감과 자신에 대한 비하감을 느끼는 엄마들을 보면서, 정말 무례한 일도 만만치 않다는 것을 보게 된다.

승희 씨(38세)는 시누이가 자신에게 너무 함부로 말을 한다고 토로한다. 올케 언니에게 수틀리면 "야! 네가 해."라고 말하고, 입이 걸어서 욕도 막 지껄인다. 시댁은 잘 살고 자기 집은 못 살아서 안 그래도 기죽었는데, 하나 있는 시누이가 그렇게 함부로 말하고, 없이 살았다고 무시한다. "집이 못 사는 것이 내 탓인가요? 왜 그렇게 무시하지요?"라며 그녀는 참 서럽게 울어댔다. 시어머니는 겉으로는 "올케 언니에게 그렇게 말하면 못 써." 하면서 은근히 같이 무시하는 표정이란다. 남편은 그런 승희 씨에게 "네가 예민한 거야.", "걔는 원래 말 함부로 해서 우리 집에서도 속 썩이는 애니까 이해해."라며 넘긴다. 승희 씨 마음에 깊은 상처가 되는 걸 그는 알 리 없다.

혜미 씨(47세)는 고등학교밖에 나오지 않았다고 시댁에게 무시를 당한다. 그 집은 아주버니를 비롯해 시누이, 그들의 배우자까지 모두 일류대학을 나왔고 전문직에 종사한다. 의사, 선생님, 대기업 부장 등 화려한 스펙이 그들의 어마어마한 자존심을 대변

하는 듯하다. 그에 비하면 혜미 씨네 집은 혜미 씨 때문에 기운다 고 타박한다고 한다. 문제는 여기서 끝나는 것이 아니라 그들의 자녀와 내 자녀 간의 경쟁으로 이어지니 문제란다. 혜미 씨는 아 이가 공부를 조금만 못해도 시댁에서 "엄마가 머리가 딸리니 애 도 그러겠지"라는 말을 듣는다고 한다. 혜미 씨 자신은 무시해도 좋지만 애들이 무슨 죄가 있다고 그러는지 모르겠단다. 그러다 보니 혜미 씨는 자기도 모르게 아이들을 자꾸 닦달하게 되고, 아 이들이 공부를 하지 않고 TV를 보거나 스마트폰을 하고 있으면 화가 난다고 했다. 없는 돈에 비싼 과외를 시켜서라도 아이들을 꼭 잘되게 만들어서 시댁 콧대를 납작하게 해주고 싶단다.

나는 이 엄마들을 한참 위로했다. 때로 아무 말 없이 그들 옆에 있 어주고, 가만히 듣기만 해도 엄마들은 큰 위안을 얻는다. 다행이다 싶 으면서도 한편으로 이 정도의 위로조차 받지 못한 엄마들이 안쓰럽기 도 했다. 비슷한 시댁의 아픔을 가진 여자들끼리 모여 시원하게 수다 를 떠는 것도 나을 것이다. 무례한 시댁 욕을 한껏 하고 나면 한결 가 벼운 마음이 되는 것도 사실이다. 편을 갈라 비방하고 관계를 더 부정 적으로 만들라는 이야기가 아니다. 동지, 내 편을 만들면 심리적으로 더 위안이 되고 자신감도 찾을 수 있다. 그래서 예부터 '빨래터 상담' 이 있지 않았을까. 동네 아낙들이 빨래터에 모여 방망이를 두들기면서 실컷 시댁 욕을 하고 나면 살 수 있는 힘을 얻는 원리였을 것이다. 나도 동일하게 말해주고 싶다. 욕을 하고 화를 푸는 것도 때로는 좋은 방법이 되기 때문이다.

화는 자연스러운 감정이다. 다만 어떻게 내느냐에 따라 쓰임이 달라지는 것이다. 화를 풀라고 해서, 시댁에게 직접 싸움을 걸고, 욕을 하고 화를 내라는 것이 아니다. 다른 방법을 사용해서 화를 표현해야 한다. 물론 시댁과 직면해서 문제를 해결해가면 좋을 것이다. 하지만 그럴수록 당신에게 부메랑이 날아오고, 또 생채기를 내는 일이 현실적으로도 생긴다. 관계는 서로가 노력해야 하는 것이기에 그렇다. 나 혼자서 애써 내 진심을 전하려 해도, 상대방이 이를 받을 준비가 전혀 되지 않으면 그 진심은 튕겨져 나오거나 왜곡되기 일쑤다. 상대방도 준비가 되어 있어야, 직접적인 방식도 통하는 것이다. 그러므로 직접적으로 육탄 돌입하는 것은 권할 수 없다.

정히 화가 날 때면 종이를 잘게 찢어라. 나무 둥지를 발로 실컷 차보자. 풍선을 몇 개고 불어서 터뜨려라. 낙서하면서 혹은 일기를 쓰면서 내 안의 분노를 표출해라. 내가 지금 어떤 감정을 느끼고 있는지 세세히 적어 보자. 감정을, 분노를 억누르지 말자. 과격한 표현일지라도 글로 배출해내면 그로써 어느 정도 해소가 되는 기분이 들 것이다. 내 안에 담아두면 곪아버리고, 더 비정상적인 방법으로 해결하려 들 것이다. 그러니 내 안의 불안과 분노를 적절히 표현하고 덜어내자.

그렇게 분노를 비워내야 그 안에 자신감을 채울 수 있다.

내 안에 생기는 분노를 풀고 나면 냉정한 머리로 지혜롭게 행동하자. 좀 더 냉정하게 말하면, 그들과 똑같은 인간처럼 굴지 말라는 얘기다. 상대가 누구건 존중하지 않고 함부로 대하는 사람의 내면은 자신감도, 자존감도 형편없이 바닥인 경우가 많다. 상황과 역할에 따라 사람들은 적응하고 변하기는 하지만, 기본적으로 인간을 존중할 줄 모르는 사람은 기준 이하라고 봐도 좋다. 실제로 폭력적인 사람, 다른 사람을 깔보는 사람, 말을 함부로 하는 사람은 모두가 내면이 그렇다.

벼가 덜 익어서 숙일 줄 모르는 것이다. 그러니 그런 그들로 인해 내가 더 상처받거나 내 가정이 망쳐지거나, 부정적인 영향을 받는 것을 허락하지 말자. 그들의 말에 일일이 신경 쓰면서 그들의 말대로 '내 자신이 무가치하다'고 생각하지도 말고, '우리 집은 왜 가난할까', '왜 나는 공부를 못했을까'라며 자학하지도 마라. 그들 때문에 무력하고 우울해서 소중한 내 자녀까지 물들게 하지 마라. 연속적인 파장을 막으려면 그래야 한다.

그리고 다음번에 갔을 때 고개를 들고 당당하게 대하자. 당신의 주눅 들고 위축된 모습이 상황을 더 비참하게 만드는 것이다. 당신의 자존감을 회복하여 당당하고 자신감 있는 태도로 대하자. 그래도 된다. 그리고 요구할 것은 당당하지만 부드럽게 말하자. "아가씨, 반찬 이것 좀 정리해주세요. 고마워요.", "이번에는 가족 식사비 아가씨 네가 내주세요. 부탁드릴게요."라고 얘기하라. 마지막으로 내 삶에서 시댁의 영역은 일부임을 항상 상기하자. 나에게는 나를 사랑해주는 가족과 많은 사람들이 있음을 잊지 말자.

아이를 방치할 만큼 상처가 깊다면

공허감이 깊은 21세 청년이 내 앞에 앉아 있다. 어깨를 들썩이며 울먹이는 그 어깨가 너무 슬퍼 보였다. 그는 어릴 적부터 외할머니 손에 자랐다. 그가 기억하는 엄마는 항상 소리를 질렀고, 술을 먹고 잠이 들었다. 꼬마 시절 그에게 엄마의 손이 많이 필요할 때 엄마는 옆에 있지만 아이와 놀아줄 시간도 아이에게 책을 읽어줄 시간이 없었다. 아니 그럴 마음의 여유가 없었다. 엄마는 우울했으니까. 그녀는 술을 먹고도 늘 잠을 잘 못 잤고, 아침까지 일어나지 못해 아이의 밥을 챙겨주지도 못했다.

아이는 할머니 손에 붙들려 유치원을 갔다. 엄마는 아이가 오늘 유치원에서 무슨 일이 있었는지 관심 갖기는커녕 할머니하고 놀라면서 별 신경을 쓰지 않는다. 할머니가 겨우 그 아이의 밥을 챙겨주고 놀이터에 데리고 놀다 들어올 뿐이다. 그 꼬마가 초등학생이 되었을 때도 엄마는 학교 준비물을 챙겨주지도 않고, 친구관계가 어떤지도 모르는 채였다. 꼬마는 말을 더듬는다고, 공부를 못한다고, 늙은 할머니가 학교를 온다고 따돌림과 놀림을 받았다. 초등학교 아이들은 철이 없어서, 장난이라면서 아이를 툭툭 치는 것은 기본이었다. 심지어, 경찰 놀이를 한다면서 아이를 의자에 묶어 놓고 고문하는 장난까지 쳤다.

그는 중학교 때도 여전히 숙제 셔틀을 당했고 돈을 갖다 바치는 일도 했다. 그래서 그는 가끔 엄마의 주머니에 손을 대곤 했다. 그는 더 이상 외톨이로 있고 싶지 않아서 중학교의 나쁜 친구들과 어울렸고 점점 대범하게 절도와 돈을 뜯기 시작했다. 그 일로 경찰서도 불려 다니고 결국 밥 먹듯이 결석하다, 자퇴라는 형식으로 학교를 나오게 되었다.

나는 물었다. 왜 그렇게 괴롭힘을 당하고 왕따를 당하는 것을 엄마에게 말할 수 없었느냐고? 그는 말해도 엄마는 나에게 귀를 기울이지 않았다고 했다. 그냥 참으라고만 했고, 한두 번 엄마에게 얘기했는데 엄마는 관심 갖지 않았다. 때로 "너 같은 녀석은 엄마의 골칫거리"라면서 아이를 비난했다. 아이는 그래도 늘 술을 먹어야 잠을 자는 엄마를 덜 신경 쓰게 하고 싶었단다. 그래서 말할 수 없었다고. 선생님에게 말해도, 선생님은 애들 앞에서 "친구 괴롭히지 마라. 괴롭히는 녀석은 가만히 안 둔다" 식으로 주의를 주고 나면 그뿐이었다. 그럼 아이들은 일렀다는 이유로 그 아이를 더 심하게 괴롭혔다. 아이는 더 이상 왕따와 괴롭힘에 대한 얘기를 하지 않기로 결심했고, 잘 지내는 척을 했단다.

나는 그 엄마에게 화가 났다. 도대체 엄마라는 사람이 애에 대해서 어쩜 이리도 관심이 없을까? 이 청년이 매 순간 두렵고 불안할 때, 엄마에게 여러 사인을 보낼 때 왜 소리만 질렀을까? 아들이 왜 말을 더듣고, 공부를 못하는지는 관심이 없었을까?

엄마는 이미 헤어 나올 수 없는 상처의 늪에 빠진 상태였다. 그녀는 남편이 다른 여자와 바람을 피었다는 것을 알고는 패닉에 빠진 상황이었다. 그것도 남편 회사의 여직원과 바람이 나서 4년간이나 이중생활을 했다는 것이다. 남편을 향한 믿음이 일순 무너져 내리면서 아내의 정신세계도 깨져버린 것 같았다. 불신이 시작되자, 그것은 빠르게 뿌리를 내리며 남편의 행적을 들춰내기 시작했다. 남편과의 삶이 모두 거짓이었다는 생각이 들자 엄마이자 아내로서의 역할은 그대로 멈춰져 버렸다. 그녀의 온 신경은 외도란 충격에 빠져 남편과의 시간을 되짚고 경악하는 데 초점이 맞춰져 있었던 것이다.

진실은 이러했다. 남편은 아이 돌이 지나고 얼마 안 되서 다른 여자를 만나기 시작했다. 회사에서 만나는 걸로 부족해서 동거를 하고 있었다. 아주 나중에서야 이 사실을 알게 된 아내는 기가 막힐 노릇이었다. 물론 집에는 꼬박 들어오는 남편이었기에, 그동안 야근과 회식으로 늘 바쁘고 늦은 걸로만 알았다. 가끔 주말에 나가더라도 오랜만에 친구들 만나려니, 회사 일이 바쁘려니 이해했다. 어쩌면 마음속에 피어오른 불신을 애써 외면하려 노력해왔는지도 모른다. 그러다 남편의 동거녀가 그녀를 찾아왔다. 남편과 자신은 이제 멈출 수 없으니 놓아달라고 말했다. 불같이 화를 내도 모자를 상황에 엄마인 그녀는 동거녀에게 오히려 부탁을 했단다. 부디 내 가정을 깨지 말라고. 하지만 이미 오래 전부터 깨져버린 관계를 되돌릴 수는 없었다. 그녀는 심한 배반감에 시달리며 이혼 도장을 찍어주었다.

슬프다. 엄마의 마음이 어땠을까. 누구에게 말도 못하고 마른 눈물을 삼키며 몇 날을 고통스러웠을 거다. 배신감에 치를 떨고, 억울하고 분하고, 버림받은 기분을 어찌 이해할 수 있을까. 아마도 그녀는 남편의 바람보다 어떻게 4년간이나 '눈치채지 못한 채 살아 왔을까'란 자괴감에 더 힘이 들었을 것이다. 심한 배반감에 이혼 도장을 찍어주고, 양육비도 위자료도 다 필요 없으니 무조건 나가라고 한 자신에 대해서 화가 났을 거다.

배반은 신뢰를 깨는 일이다. 배반은 명백한 거부다. 남녀가 합의해서 이제까지의 사랑의 종지부를 찍고 새 삶을 살겠다는 이별도 아니고 일방적인 버림이다. 사회적 동물인 인간으로, 가장 두려워하는 감정은 바로 '거부감'이다. 또 '인정받지 못함(사랑받지 못함)'이다. 그런데 외도는 이 두 가지를 동시에 안기는 가장 강력한 거절이다. 그래서 배우자의 외도는 견딜 수 없는 충격일 것이다.

외도에 대한 심리적인 충격은 당사자는 물론이거니와 아이에게도 큰 상흔을 남긴다. 가장 믿었던 사람에게 배반당하는 경험은 인간관계에 대한 강한 불신을 남긴다. 어떤 사람과도 가까운 관계를 맺기 힘들어지고 불안정한 감정 상태로 현실을 부정해버리기도 쉽다. 나를 찾아온 청년의 엄마 역시 그러한 현실 부정에 빠진 듯했다. 그녀는 남편에게 복수하겠다며 분노하다 종국에는 세상이 싫었고, 자기 자신 하나 제대로 거두지 못할 만큼 힘들었을 게다. 그래서 옆에서 울고 있는 자식도 따뜻한 마음으로 보듬어주지 못했다. 그 결과 자식 역시 상처 가득한 십대 시절을 지나와야 했다. 엄마가 우울하니 아이와 대화하고 학습하는 일에 무심했다. 그러니 말이 늦게 깨인 아들은 말을 더듬고, 학습 능력이 떨어져서 더욱 따돌림을 당하게 되었을 게다.

나는 엄마의 아픔도 이해되지만 엄마의 패닉으로 방치된 아이의 고달픈 삶이 너무도 안타까웠다. 한편으로는 엄마란 존재는 그런 것인가 싶었다. 이토록 상처가 큰데, 자신의 아픔에 충분히 빠져 있을

겨를도 없는 삶인가 싶기도 하다. 하지만, 아이는 그렇게 엄마와 영혼의 붉은 실로 묶인 존재다. 엄마 자신이 버림받은 것으로 모자라, 아이마저 버림받는 기분에 두는 것은 말리고 싶다.

만약 내가 그녀를 만난다면, 나는 그녀의 마음을 먼저 따사로이 위로하고 싶다. 그녀와 함께 그 남편을 정말 욕하고 싶다. 진정 말하고 싶다. 당신 탓이 아니라고. 당신이 어리석었던 것이 아니라고 말해주고 싶다. 상대가 작정하고 속이는데 알 수 있는 사람은 많지 않다. 당신은 당신의 성품상 최선을 다했을 뿐이고, 그 사람을 사랑해서 믿었을 뿐이다. 그게 죄는 아니지 않는가. 다시 돌아간다고 해도 작정하고 속이는 나쁜 일은 알아채기 힘들다. 자책은 도움이 되지 않는다. 당신은 마음의 교통사고를 당했을 뿐이다. 치료가 필요하고 위로가 필요할 뿐이다.

그리고 엄마인 그녀에게 이제 자유로워지기를 권하고 싶다. 자기 자신의 인생이 실패했다는 생각은 너무 섣부르다. 자신을 향한 비난도 그치고, 한 걸음 뒤로 물러나 지금을 보길 권하고 싶다. 그동안의 고통으로 충분하지 않은가. 당신에게 상처를 준 장본인은 잘 먹고, 잘 사는데 당신은 왜 고통 속에 당신을 가두는가? 배가 아파서라도 더 잘 살아야지 않나? 그리고 자신의 선택을 믿자. 그대로 있어 봤자 시간 차이가 날뿐이지 그런 고통은 분명히 나중에라도 더했을 것이다. 그러니 뒤도 돌아보지 않고 남편을 보낸 일을 잘했다고 생각하자. 이제 과거의 고통은 끊어라. 당신의 삶을 좀 가꿀 차례다. 당신이 그러고 있는 사이 피폐해진 자신과 아이가 보이지 않는가? 이제 과거를 당신의 삶에서 떠나보내라. 제발 자신을 위해서, 그리고 당신의 소중한 아이를 위해서 그렇게 하자.

욕설하는
그녀의 속사정

　　말의 위력은 참 대단하다. 내가 말한 대로 열매를 맺기 때문이다. 말 자체가 입에서 만들어지는 것이 아니고 뇌에서부터 만들어져 나에게 각인된다. 무슨 말을 할까 뇌에서 생각하고 만들기 때문에, 말하는 순간 가장 먼저 듣는 것은 상대가 아니라 내 자신이 된다. 폭력 중 가장 강력한 상흔을 갖는 것이 언어폭력이다. 물론 물리적 폭력도 아프고 마음에 깊은 상처를 남기지만 말은 더 오래도록 내면에 내재되어 나의 삶에 영향을 준다. 특히 부모가 나에게 한 말은 곧 나 자신에 대한 평가다. 생각해보자. 자식에게 전부이고 우주인 부모가 나에게 어떤 말을 하였다면, 그 말이 그 아이의 마음을 뒤흔드는 건 당연하지 않을까. 그렇게 마음에 박힌 말은 때로는 나를 비평하는 비평자요, 때로는 나를 한없이 초라하게 만드는 감독관으로 내내 남아 있게 된다.

상담을 하다 보면 말의 영향력을 절실히 느낄 때가 많다. 어떤 사람은 자기에게 장점이 하나도 없다고 말한다. 누구나 찾아보면 장점이 하나도 없는 사람은 없다. 그럼에도 극단적으로 부정적인 자기상을 지닌 사람들이 종종 있는데, 그것은 어릴 적 부모에게 좋은 말을 늘은 적이 없기 때문인 경우가 많다. 자라는 동안 부모로부터 주로 무시당하고, 비교당하고, 함부로 대하는 말을 들었기 때문에 자신은 장점이 하나도 없는 사람으로 믿겨지는 것이다. 어떤 사람은 삶을 무기력하게 보낸다. 어떤 사람은 분노로 감정조절이 안 된다. 그들이 어떤 말을 들었는지 알 수 있겠는가?

잠시 그들의 이야기를 들어보자.

"우리 엄마는 나에게 벌레보다 못하다고 했어요. 그럼 나는 도대체 얼마나 형편없다는 얘기에요. 그런 얘기 들을 때마다 정말 엄마를 죽이고 싶은 마음도 들었어요."

"네가 또 일찍 들어오겠다고? 어머~ 내가 그걸 어떻게 믿니? 네가 거짓말을 어디 한두 번 했어야지!! 너 같은 애는 밥을 서너

끼는 굶겨야 거짓말을 안 하지. 나는 네가 콩으로 메주를 쑨다고
해도 절대 못 믿어!"

"공부해서 남 주니? 너는 엄마 말을 귓등으로도 안 듣지. 하긴
네가 잘하는 게 있어야지. 제 아빠 닮아 노는 것만 좋아하고 게으
른데 무슨 공부를 하겠어. 다 집어치워."

"내가 너 같은 걸 낳고 미역국을 먹었다니, 내가 미친년이지.
내가 너를 낳지 말았어야 해. 너 아니었으면 엄마는 그 좋은 직장
그만두지도 않았어. 넌 나에게 이러면 안 돼."

이런 말은 당신도 어디선가 들은 말이 아닌가? 맞다. 당신이 어릴
적 아빠 엄마에게 들은 말이다. 그런데 또 당신의 아이에게 하고 있
는 말들이다. 왜? 당신은 여전히 과거의 기억에서 자유롭지 못하고
상처를 치유하지 못했기 때문이다. 당신도 화가 났기 때문이다. 당신
은 여전히 불안하기 때문이다. 부족한 내 자존심에 금이 갔기 때문이
고, 그것을 지키려고 더 크고 강하게 보이려다 보니 폭언이 쏟아지는
것이다.

정주 씨는 삼십 대 후반의 여성이다. 그녀는 어릴 적 엄마가 늘 자
신에게 "언니처럼만 해라."고 했단다. 언니는 물론 공부도 잘하고, 집

안일도 척척 잘 도와주고 예쁘기도 했다. 자신에게 "언니처럼만 해라."는 얘기는 완벽해지라는 말과 다름없었다. 정주 씨는 그 말을 들을 때마다 자신은 참 초라한 것 같아서 싫었다고 한다. 그러던 어느 날 오랜만에 친척들이 집에 놀러 왔는데 엄마가 딸들의 근황을 이야기하면서 다들 좋은 이야기만 하는데, 정주 씨의 이야기를 할 때는 "얘는 늘 하는 일이 바보 같아서 걱정이에요."라고 했단다. 정주 씨는 그날을 잊을 수 없다고 했다. "바보 같아서 걱정이다."라는 말은 걱정해주는 것이 아니라 자신을 한심하고 비참한 사람으로 낙인을 찍는 것처럼 들렸기 때문이다.

그런 정주 씨는 자라서 엄마가 되었고 그런 말을 아이에게 하고 있었다. 그녀도 그 사실을 깨닫지 못했다. 정주 씨는 상담실에 와서 아이가 엄마에게 써 놓은 편지를 보고 그제야 그 사실을 알았다. 정주 씨는 무척 당황해했다. 아이에게 바보 같다고 세게 얘기하면 오히려 자극이 되어 더 잘할 것 같아서 그렇게 말했다고 했다. 나는 그녀에게 "그런 말을 들으면 누구나 화가 나고 좌절감을 느껴요. 오히려 아무 것도 하고 싶지 않을 수도 있어요."라고 말하자, 정주 씨는 고개를 끄덕이며 눈물을 글썽였다. "그 마음을 저도 알 것 같아요."라고 말하면서 말이다. 그녀 역시 폭언을 당했으면서, 자기도 모르게 폭언을 하고 있었던 것이다.

동물이 자기보다 강한 동물을 만나면, 자기를 지키는 방법으로 두

가지가 있다. 한 가지는 그 짐승보다 더 크게 보이기 위해 온몸을 벌려 크게 보이거나 무리를 짓는 것이다. 다른 하나는 그 짐승보다 크게 으르렁거리는 소리를 내는 방법이다. 사람은 주로 큰소리를 내어 위협을 이기려 한다. 큰소리는 주로 폭언, 경멸, 비난일 것이다. 거칠게 큰소리치는 모습 밑에는 작은 나를 들키지 않으려는 불안이 존재한다. 내가 작기 때문에 상대적으로 크게 보여야만 상대를 제압할 수 있어서다. 엄마인 당신이 폭언을 하고 있다면, 당신 밑에는 얼마 안 되는 자존감을 들킬까 봐 애쓰는 내가 있음을 감지해야 한다. 당신은 아이를 컨트롤할 자신이 없다. 그러니 소리라도 치며 아이를 제압해 당신의 모습을 압도적으로 보이고 싶은 것이다.

또 삶에 지친 당신은 모든 것이 짜증스럽다. 당신은 화가 나 있다. 그 화는 아마 지금 생긴 화 때문만은 아닐 것이다. 이전부터 축적되어온 것들도 힘을 보태고, 어쩌면 당신의 부모에게도 화가 났을 수 있다. 부모가 어릴 적 당신을 함부로 대하고 "바보 같고, 한심해!"라는 말을 자주 했기 때문에 그런 부모를 향해 마음속 깊이 화를 쌓아놓았다. 어릴 때 "나는 그런 사람이 아니야!"라고 강력하게 항의하고 싶었지만 그럴 기회를 갖지 못한 채 시간을 지나와버렸다. 감정은 잘 풀지 않으면 돌고 돌게 된다. 해결되지 않은 감정, 억울함, 화, 그리고 지금의 문제 상황이 당신으로 하여금 똑같이 폭언을 퍼붓게 만들지는 않았을까.

또 삶의 다양한 불안을 이겨내기 위해 이를 강박적으로 통제하려다 보면 스트레스를 견디다 못해 폭언하는 행위로 이어질 수도 있다. "그것도 하나 제대로 하지 못해?"라며 히스테릭한 모습을 보이고 있지는 않은가? 그럼 당신 내면에 불안이 있고, 인정받고 싶은 욕구를 갈망하고 있음을 알아야 한다. 자기 뜻대로 되지 못할수록 강박은 더 심해져 이를 통제하고자 욕설 같은 폭력적인 행동을 할 수도 있다는 이야기다.

냉소적인 말투, 무시하는 말, 경멸하고 비난하는 욕설들이 모두 당신 안에 자유롭지 못한 상처 때문임을 이제 알겠는가? 당신이 또 얼마나 자주 소중한 이들에게 말로서 상처를 주고 또 자신도 받고 있는지도 알겠는가? 이미 입에 붙었다는 핑계로, 습관이라는 변명으로, 자신의 해결되지 않은 감정과 나약한 자존감을 어리석게 표출하지는 말자. 고작 입말에 사로잡혀서 정신적으로 자유롭지 못해서야 되겠는가.

이러한 욕설, 폭언은 충분히 고칠 수 있다. 당신이 덜 불안해지기만 해도 된다. 당신을 가둬 둔 말들, 듣고 싶지 않았던 말들을 하나하나 적어보자. 그 다음은 당신이 어릴 적 비난 받았거나, 존재 자체를 위협한 말들을 떠올려 보라. 그때 당신이 느낀 서러움, 분노, 원망감도 적어 보라. 그런 다음 당신도 잘하고 싶었고, 인정받고 싶었음을 이야기해보자. 항의해보는 것이다. 당신 안에 있는 어린 나는 어떤 말을 듣기 원했는가? 그 말을 당신이 스스로에게 많이 해주었으면 좋겠다. 할 수 있다면 당신의 엄마에게, 아버지에게 지금이라도 그 말을 좀 많이 해달라고 말해도 좋다. 당신이 자유로워져야 아이에게도 소중한 다른 사람들에게도 그 듣고 싶은 말들을 많이 해줄 수 있을 테니 말이다.

경제적 불안감을
겪고 자란다는 것

　　어떤 이들은 요즘 불안과 정신적인 고통에 시달리고 치
료받는 사람들이 많아지는 것을 '먹고 살기 좋아져서(?)'라고 말하기
도 한다. 가난하고 먹고 살기 바빴던 옛날에는 오히려 오늘 당장의 먹
고 살 길을 찾느라 마음 문제에 집중하지 못했다는 논리다. 어느 정도
는 맞는 말이기도 하다. 배가 고파서 굶어 죽는 일은 이제 우리에게
크게 현실적으로 다가오지는 않으니까. 하지만 현대 사회를 사는 사
람들은 누구나 공감할 것이다. '경제적인 위협'이 우리를 엄습하고 있
다는 것을 말이다. 아이 한 명을 양육하는 데 들어가는 비용이 1억을
넘어간다는 기사가 나온다. 매년 올라가는 전세, 월세 값과 물가는 열

심히 일해도 마치 밑 빠진 독에 물을 붓는 기분을 들게 한다. 많은 사람들에게 중산층조차 될 수 없다는 불안감이 팽배해지고, 경제적 불안 때문에 부모가 되는 것을 꺼려하는 이들도 많다. 특히나 어릴 적 경제적 불안에 노출된 엄마들은 경제적인 위협에 몹시도 민감하다.

게다가 이직, 명퇴다, 사업이다 불안정하기만 한 남편의 밥줄. 현실적으로 이런 고민들이 우리 엄마들의 일상적인 불안으로 자리한다. 맞벌이 엄마들도 경제적으로 불안해지느니, 차라리 양육이 힘들어도 지금 참고 버티겠다고 말한다. 나약한 자존감이나 스트레스를 경제적 보상으로 채워내는 엄마들도 많아졌다. 불안은 이토록 경제적인 위협, 물질적인 만족과 맞닿아 있는 것이다. 그래서 엄마들은 때로는 내가 더 전문직이 되지 못한 것에, 때로는 아이 때문에 회사를 그만둔 것에, 내가 더 공부를 하지 못한 것에, 경제적인 능력이 떨어지는 것에 몹시 후회하고 우울해한다.

예전에 정말 어려웠던 상담이 있다. 상담을 하는 것이 어찌나 진을 빼는지 온몸의 힘이 다 빠질 지경이었다. 내담자는 인터넷 중독 청소년이었다. 몸에서 냄새가 난다. 머리는 며칠째 감지 않아서 떡이 졌다. 눈 밑에는 다크서클이 진하고, 매일 상담을 할 때마다 지저분한 트레이닝복을 입고 오는데, '저 옷은 언제 바뀔까' 쳐다보게 된다. 일주일에 3~4일간은 학교를 밥 먹듯이 빠지는 아이다. 아침에 잠을 못

이겨 이틀을 빠지고, 다른 이틀은 게임하느라 빠진다. 그나마 다행인 것은 상담실에 빠지긴 하더라도 지속적으로 오고 있다는 점이랄까. 게임에 한 번 빠지면 컴퓨터 자리에서 변을 지리고, 굶기도 하다가 사발면으로 끼니를 때우는 아이다.

이렇게까지 중독인 아이는 내가 그 이후 인터넷중독예방상담센터에서 몇 년간 근무할 때도 만나기 힘들 정도의 고위험군 중독이다. 그런데 아이도 아이지만, 더 큰 문제는 엄마였다. 엄마는 아이 상남으로 비용이 나가는 것에 매우 민감해했다. 내가 아이 일로 의논을 하거나 아이를 어떻게 대해야 할지 방향을 제시하면 그녀는 악에 받쳐 자식 욕을 했다. 심지어 "이런 새끼는 나가 죽어도 신경 안 쓸 거다."라는 말까지 했다. 상담사 앞에서 "새끼"라는 욕을 하는 것도 문제였지만 "나가 죽어도 신경을 안 쓴다."고 말을 하다니. 엄마의 상태가 더 걱정될 판이었다.

나는 엄마의 사연을 들어보기로 했다. 그녀의 아버지는 알콜 중독이었다. 친정 엄마가 아침부터 밤늦게까지 일해도 겨우 밥 먹기도 힘들었다. 무능한 아버지 밑에서 그녀는 장녀로서 학교 진학을 포기하고 공장에 다녔다. 그러면서 돈을 벌어 동생들의 학업을 도왔다. 그녀도 동생들처럼 공부하고 싶었지만 그러질 못했기 때문에, 결혼만큼은 부유한 집의 아들과 하려고 마음먹었다. 다행히 그녀가 만난 남편은 어느 정도 유복한 집의 자제였고, 그녀는 결혼으로 인해 경제적 불안에서 비로소 벗어날 수 있었다. 그리고 그녀는 물질적인 행복감에 빠르게 적응했다.

그런데 남편은 돈에 대한 감각과 경제관념이 별로 없었다. 쉽게 쓰고, 어리석게 돈을 썼다. 경제적인 트라우마가 있던 그녀는 남편의 그런 소비패턴에 불안감을 느꼈지만, 남편은 쉽게 고쳐지지 않았다. 불안이 반복되자 견딜 수 없이 괴로워진 그녀는 남편을 말렸고, 집안에 싸움이 끊이지 않았다. 그러다 그녀는 싸움에 지쳤고 그냥 남편의 일은 신경을 끄고 마음 편히 살기로 결정했다. 사실 그렇게 결정한 데에는 아직도 유복한 시댁이 있었고, 큰 집과 좋은 자동차가 있으니 재산이 아직 여유가 있을 거라고 믿었던 이유도 있다. 하지만 남편은 어처구니없는 사업을 벌여 집을 담보로 잡혔다. 그럴 때 시댁에서 몇 번 도와주긴 했지만, 결국 집과 자동차 모두 경매에 넘어가게 되었다. 어느새 그녀는 남편이 진 빚을 갚기 위해 생활전선에 나서야만 하는 상황이 되었다.

살면서 정말, 피하고만 싶은 경우는 왜 꼭 직면하게 되는 걸까? 그녀는 어릴 적 공장으로 출근하는 길에 느꼈던 숨 막힘을 다시금 느꼈다. 그녀는 생존의 위협을 느꼈다. 예전에는 어렸기에 버틸 수 있었던 것들이 이제는 힘들어졌다. 트라우마는 문제 상황에서 부정적인 면모를 더 확대해서 그녀에게 보여주고 있었다. 아이라도 잘 커주길 바랐지만, 자식마저 게임중독이다.

그녀의 마음에는 억울함과 분노, 우울감이 가득했다. 어린 나이 때부터 가족을 위해 열심히 일했던 그녀는 결혼으로 인한 경제적인 보상이 바로 자기 삶에 대한 보상이라고 여겼던 것 같다. 배우자의 면모로 경제적인 조건만을 중시했고, 그렇게 형성된 가족은 역경 앞에서 뭉쳐지지 못했다. 그녀가 결혼생활에서 어린 시절을 보상 받고, 또 잊고 싶었던 마음이 문제 회피로 이어진 것이다. 사건이 터지면서 그녀는 경제적인 파탄에 히스테릭한 반응을 보였고, 그 과정에서 아이도 힘에 겨워 인터넷으로 도피를 한 것이다.

그 후 그녀는 오랫동안 또 억척스럽게 살 수밖에 없었다. 여자로서의 삶은 포기하고 엄마로서 열심히 살아야 한다. 밤낮으로 열심히 일해야 빚을 갚고, 자식들을 학교에 보낼 수 있다. 감정은 그녀에게 사치다. 자신의 서글픈 삶을 놓고 푸념하기에 그녀는 여유도 없고, 관심도 없다. 그녀의 전투적인 삶을 놓고 본다면 자식에게 그렇게 막 말을 하는 것도 당연하다.

어디 그녀뿐일까. 한 집의 경제와 살림을 동시에 짊어지는 엄마들을 나는 너무도 많이 봐왔다. 상담실에 아이 손을 잡고 오는 엄마 가운데는 의외로 생활전선에 있는 엄마들이 참 많다. 나는 언젠가부터 엄마들에게 자녀에게 이렇게 해야 한다고 방향제시를 하고 지도방법을 알려주는 것이 미안한 마음이 든다. 그녀들이 얼마나 힘들지 충분히 알기 때문이다.

요즘 나는 군대에서 병영생활전문상담관으로 일하고 있는데, 대한 남아들의 생지부(생활지도기록부, 출생부터 입대 전 했던 일들이 소상히 적혀 있다)를 읽으면 그들도 그들이지만 그들 엄마의 고단함을 더 깊이 엿볼 수 있다. 빚, 사업 실패, 빈번한 사기 당함, 외도, 폭력, 무심함, 아버지로서의 무능력함, 경제적 파탄이 가족의 삶을 흔들고 있음을 너무 절실히 보고 있다. 철없고 책임질 줄 모르는 가장으로 인해서 여자의 일생이 어떻게 망가지는지, 그 아버지로 인해서 자식이 어떻게 어려움을 겪고, 나중에 자식이 가정을 이룰 때 누구에게 어떻게 어려움을 끼치는지 알아야만 한다. 나 하나만의 문제가 아니란 말이다. 세대를 타고 계속 반복된다.

삶이 그대를 속일지라도… 그럼에도 그녀에게 해주고 싶은 말은 이것이다. 경제적인 문제로 삶의 희망이 없다 하더라도 당신을 좀 돌아보자는 것이다. 경제적인 상황이 매우 힘겹겠지만, 그래서 감정은 사치라고 해도 말이다. 한과 원망으로 억척스럽게 사는 게 유일한 벼슬인 것 마냥 그러지는 않았으면 한다. 그것은 당신의 삶에 희망이 깃들 가능성을 말려 버린다. 당신을 갉아먹고, 당신이 가장 귀하게 여기는 자식을 갉아먹는다.

생은 길게 이어지고, 아직 당신은 그 생을 마치지 않았다. 아니 아직 많이 남았다. 생에는 역경만이 있었던 것은 아니지 않은가. 보석

과도 같은 소중한 아이가 태어나던 순간을 떠올려 보길 바란다. 남편과 웃으며 알콩달콩 지내던 시기도 있지 않은가. 즐겁고 유쾌했던 당신의 모습이 있지 않은가. 누군가 당신의 삶에 작은 은혜를 베푼 적도 있을 것이다. 이를 테면, 돈에 절절 매고 있을 때 누군가 일자리를 주어, 숨 쉬게 해준 순간도 있지 않은가. 생에는 원망스러운 일도 많지만 작은 축복들도 꽤 자주 찾아온다. 그 축복을 눈여겨본다면 말이다. 깊은 배신감과 상처로 인해 누군가를 원망하고 저주하며 살기에는 당신의 생이 너무도 아깝다.

물질적인 풍요는 물론 중요하다. 하지만 그 풍요는 언제든 흔들릴 수 있다. 불안정한 사회에서는 특히나 더 없다가도 생기고, 있다가도 없어지는 게 돈이다. 그렇다면 그 돈에 나의 전 생애를 걸지 않았으면 한다. 그보다 작은 행복을 많이 만들어서 삶을 윤택하게 만드는 것이 더 필요하다. 소원했던 자식과의 관계를 회복하고, 아무렇지 않게 내팽개친 삶을 먼저 추스르는 것 말이다. 그런 것을 잃는다면, 당신은 돈보다도 더 중요한 것을 영원히 잃을지 모른다. 열심히 벌어도 남는 것 없이 다 사라지는 것 같은가? 어차피 살기 위해 써야 하는 돈이라면, 전전긍긍해하기보다는 열심히 살았음을 자축하며 즐겁게 썼으면 한다. 자신의 신세를 한탄하고 원망하느라 내 감정을 다치게 해서야 되겠는가. 그리고 이제 당신을 위한 시간, 당신을 위한 투자, 당신이 행복할 수 있는 무엇인가를 생각하고 고민해보았으면 한다. 꼭 물질적으로 풍요롭지 않아도 당신을 위해 할 수 있는 것들이 많이 있음을 새삼 알게 될 것이다.

용서할 수 없는
너

누구나 살면서 원망스러운 일이 한두 가지는 있을 것이다. 어떤 사람은 원망을 넘어서 오랜 상처로 남을 것이고, 어쩜 그건 원망이 아니라 내 삶을 두고두고 괴롭히는 고통이었을 것이다. 그런 상처는 큰 흔적으로 남아 트라우마로 작용한다. 다시는 그런 두려움과 아픔에 직면하고 싶지 않아서 사람들은 비슷한 사건에 처하지 않으려고 몸부림을 친다. 때로 그 몸부림은 도가 지나쳐서 강박적인 사고를 만들고, 누군가에게 작용한다. 주로 사랑하는 남편과 아이, 가족에게 작용하는 경우가 많다. 내 자녀만큼은 나와 같은 고통을 경험해서는 안 된다는 생각에 엄마는 사로잡힌다. 엄마의 그 고통을 알 리 없는 자녀는 엄마가 괜한 걱정을 한다고, 왜 나의 자유를 무시하고 자꾸 강요하냐고 불평을 토로한다.

내가 용서에 대한 이야기를 꺼내려는 이유는 바로 이 때문이다. 엄마의 불안 이면에 자리한 깊은 분노를 제대로 보고, 그 실체를 찾아 해결하기 위해서다. 하지만 용서는 결코 쉽지 않은 과정이다. 누군가는 용서를 감정의 가장 성숙한 형태라고 보았다. 가장 성숙해야만 가능한 마음. 마음을 치유하는 일을 업으로 삼는 나 역시도 아직까지 이 용서가 잘 안 되는 경우가 많다.

어릴 적 나는 길에서 천 원을 잃어버린 적이 있다. 그때 나는 왔던 길을 되돌아가며 몇 번이고 돈을 찾으러 다녔던 것 같다. 돈을 잃어버렸으면 길에서 헤매지 말고 엄마에게 달려가 함께 찾아달라고 말하면 될 것을. 집에 돌아가 엄청 야단맞고 혼날 것이 더 걱정되었던 것 같다. 나는 돈을 찾다가 결국 집 앞에서 서성이며 들어가지 못했다. 심부름에서 돌아오지 않는 딸을 기다리다 걱정이 된 엄마가 나를 찾으러 밖에 나올 때까지 말이다.

나는 왜 그렇게까지 천 원을 찾아 다녔을까? 우리 집은 가난했고, 엄마는 십 원 하나도 귀하게 여기는 분이셨다. 엄마를 보며 나는 천 원을 잃어버린다는 건 매우 큰 사건이라는 생각을 했던 것 같다. 그래도 아마 엄마는 내가 얼마나 불안하고 떨리는 마음으로 돈을 찾으러 다녔는지 모를 것이다. 내가 지금까지도 그 사건을 기억하고 있는지

조차 엄마는 모를 것이다. 엄마는 자신이 돈에 대해 강박적인 편임을 잘 모를 테니 말이다. 때로는 알뜰하다 못해 병적으로 아낄 때도 있어서 딸인 내 마음이 속상할 때가 여러 번이라는 것도 말이다.

중학교 때 8학군의 강남땅에서 부자 집 아이들 사이에 지내려니 나는 가난이 한층 더 서러웠던 적이 여러 번이었다. 아이들처럼 맛깔스러운 도시락을 싸가지도 못했고, 교복 자율화로 유명 메이커를 입고 다니는 친구들처럼도 하지 못했다. 그냥 선머슴처럼 입고 다녔고, 등록금을 늦게 내서 교무실에 불려가기도 했다. 중학교 시절의 나는 우울하고 생각이 많았던 것 같다. 한때는 그런 나를 이해하지 못하는 친구들에게 따돌림도 당했다. 나는 그럼에도 엄마에게 단 한 번도 좋은 옷을 사달라고 떼를 쓰지 않았다. 어쩌면 오기였던 것도 같다. 나는 엄마에게 그런 소리를 하는 게 싫었다. 엄마의 그런 모습에 화가 났고, 그 마음은 다른 방향으로 나를 성장하게 했다.

나는 돈을 너무 아끼는 엄마와는 달리 너무 화통하게 돈을 쓰는 사람이 되었다. 동료와 친구들에게 쉽게 한 턱 사는 사람, 가족 모임에도 계산을 전담하는 사람이 된 것이다. 나는 안다. 가난한 시절 억척같이 아끼려 애쓴 엄마가 너무 불쌍하기도 했고 싫기도 했다. 나는 그런 사람은 정말 되고 싶지 않았다는 것을 말이다. 그래서 다른 사람에게 잘 사고 나누는 사람이 된 것 같다. 엄마처럼 살지 않겠다는 것이 나의 내면에도 깊은 신념이 된 것 같다.

이제 경제적으로 살 만해졌는데도 엄마는 여전히 작은 돈이라도 잃어버리면 하루 종일 끌탕을 하신다. 그럼 나는 엄마의 생각을 애써 바꾸어 준다. "엄마, 그 돈은 정말 필요한 누군가에게 갔을 거야. 엄마가 정말 불쌍한 사람에게 주었다고 생각하자."라고 말이다. 그러면 엄마는 마음을 가라앉히는 것 같았다.

나는 엄마가 좀 더 여유 있길 바란다. 이제 지난날의 서글픔을 잊고 좀 여유를 가졌으면 한다. 딸의 그런 마음을 아는지 모르는지, 요즘도 엄마는 백 원이든 천 원이든 잃어버리면 찾아내려 애쓴다. 그런 엄마를 보며 불쑥 화도 나며 또 슬픈 마음이 든다. 억척스러운 엄마를 온전히 용서하지 못한 내가 여전히 남아 있음이 슬프다. 어쩌면 그것은 나와 엄마에게 '한(恨)'으로 남아 있는 것일지 모른다. 중요한 건, 과거 고통스러운 시간을 현재에도, 미래에도 반복해서는 안 된다는 것이다. 과거 고통스러웠고 두려웠던 나를 누가 위로해주었는가? 그때의 상처를 용서하지 못하면 나를 비롯해 주변인에게 또 다른 한을 만들 수 있다고 생각되지 않는가? 우리는 용서하지 않음으로 인해, 지금도 여전히 아플 수 있음을 알아야 한다.

용서하지 못해

아픈 사람들

순영 씨는 건강 염려가 있다. 본인뿐 아니라 남편의 건강에도 지극정성으로 신경을 쓴다. 지방의 어떤 건강식품이 유명하다면 그걸 어렵사리 구해와 남편과 아이에게 억지로 먹인다. 또 순영 씨는 조금만 아파도 병원에 들락거린다. 의사가 스트레스 때문이니 쉬면 된다고 해도 다른 병원을 가서 무슨 병명 하나라도 들어야 마음이 안정된다. 그러다 보니 조금만 힘든 일이 있어도 쉬어야 하고, 자신을 쉬게 하지 못하는 여러 상황들에 대해 신경질이 늘게 된다. 남편과 자녀에게도 잔소리가 많아진다. 시댁에 가서도 자신의 건강을 너무 염려한 나머지 좀체 일하지 않는다. 다른 동서들은 전 부치고 야채를 다듬고 분주하지만, 순영 씨는 움직이질 않아서 친척들에게 싫은 소리를 듣거나 남편과 부부싸움을 하기 일쑤다. 집안이 안정되지 않으니 당연히 아이도 집에 늦게 들어오려고 한다.

그녀가 자신을 약하다고 생각한 데에는 일찍 돌아가신 부모님이 큰 몫을 차지한다. 아버지는 순영 씨가 초등학교 1학년 때 폐암으로, 어머니는 5학년 때 당뇨합병증으로 돌아가셨다. 일찍 부모를 여읜 그녀는 나이든 오빠 언니들의 돌봄을 받았다. 그러면서 바쁜 언니 오빠들 사이에서 눈치를 보아야 했고, 외로워도 티를 내질 못했다. 간혹 감기로 심하게 앓으면 오빠 언니들이 회사도 나가지 않고 자신을 돌보기도 했다. 미안했지만 그녀는 형제들의 그런 관심이 좋았다. 그녀에게 있어 일찍 돌아가신 부모님은 용서할 수 없는 분이다. 머리로는 이해하지만 마음으로는 그랬다. 그러니 커서도 그녀는 많은 사람이 자신을 돌봐주길 바라고, 신경 써주기를 바라는 마음이 건강 염려로 번지게 된 것이다. 본인은 그것이 심리적으로 만들어진 병임을 알지 못한다. 또한 그녀는 남편이 일찍 죽을까에 대한 두려움이 크다. 그래서 좀 더 쉬어야 하고, 더 좋은 것을 먹어야 하고, 병원에 들러야만 마음이 편했던 것이다.

그녀는 아빠 엄마가 늘 그리웠다. 그리움은 용서하지 못할 원망이 되었다. 나는 그녀와 부모님에 대한 깊은 그리움을 나누었다. 순영 씨가 아빠와 엄마와 하고 싶었던 일을 적어보게 했다. 그녀가 할 수 있는 원망의 말을 표현하라고 했다. 그 다음 어린 그녀를 두고 마음 편히 떠나지 못했을 아버지, 어머니의 입장도 생각해보게 했다. 당신이 그런 처지였다면 어떤 마음이 들지 말이다. 부모님은 떠났어도 여전히 내 딸이 잘 크기를, 힘들 때 지켜보고 계실 것을 말해주었다. 그녀는 울고 또 울었다. 그제야 그녀는 일찍 돌아가셔서 자녀에게 본의 아니게 상처를 준 부모님을 비로소 용서할 수 있었다.

진혜 씨는 집안일을 제쳐두고 친구 모임과 이웃집 아줌마 계모임에 나간다. 학교 어머니 모임에도 앞장서서 나간다. 그녀는 아이가 소심하고 내성적이어서 자기라도 이렇게 나서지 않으면 친구를 사귀기 힘들 것이라고 말했다. 아이가 자기를 닮았단다. 간혹 아이가 다른 아이들 사이에 끼지 못하면 그녀는 끼워주지 않은 아이들을 불러서 혼을 냈다. 딸아이 대신 친구들에게 문자를 보내서 따지기도 했다. 그러다 보니 아이들 싸움이 엄마들 싸움까지 번지는 일도 부지기수였다. 남편은 동네에서 트러블 메이커로 소문난 진혜 씨 때문에 골치가 아픈 모양새였다. 아이는 그런 엄마를 창피해한다. 진혜 씨는 학교에 찾아가서 학급에 햄버거를 돌리면서 자기 딸과 잘 지내라고 부탁한다. 무슨 일이 있으면 학교를 찾아가는 통에 오히려 딸이 더 친구들과 잘 지내기가 어려운 것을 진혜 씨는 모르고 있다.

그녀에게도 용서할 수 없는 이들이 마음에 남아 그녀를 움식이고 있었다. 바로 진혜 씨를 왕따시켰던 어릴 적 친구들이다. 진혜 씨는 소심하고 수줍음 많고, 내성적인 성격인데 친구들이 그런 자신을 집단적으로 미워했기 때문이다. 그녀는 자신을 닮은 딸이 자기처럼 어두운 학교생활을 할까 봐 전전긍긍이다. 그러니 자신이 대신 딸의 친구들을 만들어주고, 친구 일에 나서서 해결하고, 동네 아줌마들, 학교 어머니회든 부지런히 다니면서 딸아이를 선전하고 다니는 것이다. 그녀는 그것이 딸을 더 작고 초라하게 만든다는 것을 알지 못한다. 그녀는 친구들과 잘 섞이지 못하는 자신이 싫었고, 늘 외로웠다. 학교에서 혼자 도시락을 먹고 주변인의 눈치를 보면서 살아야 했다. 그러다 보니 딸아이는 나와 다를 수 있다는 것을 알지 못했고 걱정이 앞선 것이다. 그래서 딸아이가 스스로 잘할 수 있는 일도 가로채서 대신 하려 했다.

나는 진혜 씨에게 내성적이지만 강단이 있는 딸아이의 장점을 알려 주었다. 엄마가 나서서 대신할 때 아이가 더 따돌림을 받을 수 있음을 알렸다. 딸아이를 믿어주고 격려해주도록, 딸아이가 구체적으로 도움을 요청하는 부분에 대해서만 도와주어야 함을 일러 주었다. 무엇보다 자신과 딸아이는 똑같지 않으며 다른 존재란 걸 구분시켜 주었다. 엄마가 자녀를 믿지 못할 때, 자녀는 얼마나 비참함을 느끼는지 진혜 씨에게 이야기했다. 그리고 그녀가 오랫동안 품어왔던 어린 시절의 친구들에 대해서도 이야기했다. 그중에서 가장 미운 사람은 누군지, 그 아이가 어떻게 했는지, 그때 나는 무슨 감정을 느꼈는지, 그때 내게 정말 필요했던 것은 무엇인지 말이다. 진혜 씨는 그런 과정을 통해 소심하고 자신감이 없는 자신을 스스로 용서하지 못한다는 것을 알 수 있었다. 그리고 그때와 지금의 자신은 매우 다른 상황임을 알아챌 수 있었다. 더 자유로워지기 위해 그녀는 자신을 용서하고, 그 친구를 용서하는 과정을 가졌다.

수없이 많은 '용서할 수 없는 일'로 인해서 당신이 지금 어떤 상황인지 보이는가? '해결되지 않은 화와 당신이 끊임없이 되살리는 '용서할 수 없는 너'로 인해 당신과 주변인이 얼마나 힘겨워하는지도 보이는가? 당신이 문제라 느끼는 상황 뒤에 '용서할 수 없는 너'가 있다는 것을 깨닫는다면, 이제 무엇이 당신 삶을 뒤흔들고 있는지 정확히 알 수 있을 것이다.

당신의 '용서할 수 없는 너'는 누구입니까?

당신의 '용서할 수 없는 너'는 누구인가? 그것이 누구든 당신은 자유롭지 못하며 지금도 거기에 매어 있고 앞으로도 여러 모양의 갈등과 상처를 반복할 수 있다. 이제 놓아 버리자. 그 또는 그녀가 나에게 용서를 구해야만 용서가 가능하다고 생각하지 말자. 사는 동안 그들이 나에게 와서 머리를 숙여 "그때 정말 미안했다."라고 말할 일은 없을지도 모른다. 그런 일이 생기는 섯은 어쩌면 기적에 가까운 일일 수도 있다. 그들도 그때는 미성숙했으며, 엄청난 인생의 터닝 포인트가 없다면 당신의 아픔을 알아채지 못할 테니 말이다.

그들은 내가 느끼는 고통이 무엇인지 모를 뿐 아니라 그게 잘못인지도 모를 수 있다. 그러니 오지 않는 그들을 기다리며 용서를 보류하고, 당신에게 상처를 주지 말자. 당신이 그들을 용서하지 않아서 지금도 반복되는 삶의 상처가 보이지 않는가. 그것으로 인해서 결국 당신의 소중한 사람들이 상처를 받고 그들로 인해 또 당신이 상처를 받는다. 내가 던진 부메랑은 계속 돌아다니고 있고, 당신을 향해 올 것이다. 그러니 떠나보내라. 싫어도 당신을 위해서 그렇게 했으면 좋겠다. 당신이 정말 행복했으면 좋겠다. 그러니 싫은 사람, 미운 사람, 용서할 수 없는 그를 보내고 더 자유로워졌으면 한다.

용서하는 것은 단지 그 사건을 잊는 것이 아니다. 과거 상처에 대해 용서하겠다는 의지적인 결단을 가지고, 당신이 그들에게 기대하는 죄의 값을 치르기를 중지하는 일이다. 그 사건에서 자유로워지는 행위다. 그렇게 하려면 먼저 그 사건을 충분히 다시 떠올려야 한다. 그때의 내가 얼마나 힘들었고 고통스러웠는지 먼저 말해보자. 말이 어렵다면 글로 표현할 수 있다. 그때 내가 느낀 거부감, 배반감, 억울함, 분노, 절망, 좌절에 대해서 충분히 표현하고 스스로 그럴 만했음을 충분히 공감해주라. 혼자가 힘들다면 상담실을 찾아와도 좋고, 나를 비난하지 않고 받아줄 만한 믿음직한 친구와 나누어도 좋다. 내가 얼마나 좌절하고 힘들었는지 위로를 받자. 그 시간을 지나는 동안 "나는 너무 힘들었구나!", "어찌 그런 고통을 참을 수 있었니!", "애쓰고 힘들었구나!", "내 탓이 아니야!"라고 말하며 자신을 위로해주자.

이제 당신에게 고통을 준 그들에게 풀어낼 차례다. 저주해도 좋다. 충분히 아플 만큼 아파야 그들을 놓을 수 있다. 그들이 지은 잘못을 하나하나 구체적으로 표시하고, 그 잘못에 대해서 내가 맘 놓고 풀어낼 수 있다면 어떻게 하면 좋을지 정하자. 필요하다면 빈 의자를 놓고 할 수 있는 욕을 다 해보아도 좋다. '너의 그 행동 때문에 내가 얼마나 고통스러웠는지'를 표현하라. 울어도 좋다. 필요하다면 샌드백을 두드리거나 베개를 던지며 분노를 표출해도 좋다. 당신의 깊은 한이 풀릴 수만 있다면 얼마든지 분노를 표현해도 좋을 것이다. 화라는 감정 자체가 내가 상처 받았다는 뜻이니까 치유를 위해 화를 내보내는 것이 필요하다. 그러니 할 수 있을 만큼 표현해보자.

그리고 용서할 수 없는 그들로 인해 오히려 내가 더 성장하게 된 것, 더 갖추게 된 것은 무엇인지 찾아보자. 그리고 그것에 감사하자. 예를 들면 먼저 돌아가신 아버지 때문에 외로웠지만 좋은 언니 오빠들이 옆에 있음에 감사할 수 있다. 감사할 수 없어도 일부러 찾아보자. 분명 그 일로 인해 내가 인생의 깊이를 더하고, 더 성숙해진 무엇인가가 있을 것이다.

이렇게 뒤늦게나마 감정을 풀어준다면 그들을 놓아줄 준비가 된 것이다. 이제 그들과 당신의 삶이 엉키는 걸 중지하겠다고 선언할 차례다. 당신이 느낀 고마운 점, 성숙한 점은 무엇이 있을까? 그들 덕분에 '나 이렇게나 잘 살고 있다', '나 이렇게나 잘 컸다'라고 이야기해보자. 하지만 더 이상 내 삶에서 나를 괴롭히거나 현재와 미래까지도 영향을 줄 권한은 없다고 분명하게 이야기하자. 용서할 수 없는 그들에게 "이제 떠나라"라고 말하는 것이다.

이 과정에서 만일 내가 그 상처에 몇 %라도 영향을 미치는 역할을 했다면, 그의 잘못에서 구분해주자. 남자친구로 인해 낙태까지 했는데 그가 나를 책임지지 못했다고 원망했는가? 사랑한다는 이유로 내가 책임지지 못할 선택을 했다는 몫도 있지 않는가. 빚보증을 잘못 선 남편, 그 남편 역시 내가 선택하지 않았는가. 나는 이 일에 대해 20%의 잘못이 있고, 80%는 네 책임이니까 너는 그 몫만큼 감당하라고 해주는 것이다.

만일 '용서할 수 없는 너'가 나 자신이라면 말이다. 당신이 가장 잔인하게 스스로를 학대하고 있음을 보아야 한다. 다른 사람이 나를 존중하지 않았고, 나를 귀하게 여기지 않았다는 것을 자신에게서 이유를 찾고 있음을 알아야 한다. 스스로를 미워하며 '이 모든 것이 당신 탓이다!'라고 말하고 있을지도 모른다. 일부 당신 탓이 있을지라도 당신 잘못이 아니다. 당신의 연약함을 함부로 대한 그들의 잘못이 더 크다는 것을 분명히 해야 한다. 그리고 당신은 이미 값을 충분히 치렀으므로 이제 스스로 가둔 감옥에서 나올 시기임을 알아야 한다. 더 똑똑하지 못한 나, 더 적극적이지 못한 나를 그만 원망하란 말이다.

그 대신 살얼음 같이 고통스러운 그 시간을 지나면서 얼마나 내가 버티려고 애썼는지 다독여주자. 내가 애를 썼음에도 알아주지 못하는 누군가로 인해 얼마나 힘겨웠는지에 대한 위로가 필요하다. 다른 사람의 잘못으로 당신이 상처를 받는 것도 마음 아픈 일인데, 왜 당신 스스로 상처를 주는가. 이제 '못한 나'를 찾기보다 '애쓴 나'를 찾고, '부족한 나'를 찾기보다 '노력한 나'를 찾도록 하자. '어리석은 나'를 찾기보다 '나의 환경에서 최선을 다한 나'를 찾도록 하자.

엄마,
관계에 좀 더 노련해지다

– 불안과 슬기롭게 공존하고, 자신감을 회복하는 길은 결국 관계다 –

많은 엄마들이 가족 뒷바라지에 묻힌
자신의 존재감을 고민하지만,
역설적이게도 가족 간의 관계를 통해서
자신의 존재감을 생생히 느낀다
결국, 고민의 답은 관계에 있다고 해도 과언이 아니다.

반드시 기억하자. 언제든 개선할 수 있다는 걸.
결국 엄마인 내가 해답을 가지고 있다는 걸.
이제, 그 해답을 위한 전략을 알아볼 차례다.
'괜찮다'라고 따뜻하게 말해줄 가족을 위해
조금만 더 적극적으로 해보자.

십 대 자녀의 불안을 이해하자

아이가 태어나면 엄마는 환희와 동시에 혼돈을 맛보는 육아기를 거치다, 아이가 학교에 가게 되면 다시금 자신의 시간을 갖게 된다. 이 시기에 분리 불안을 겪는 것은 아이만이 아닌지, 많은 엄마들이 학교 간 아이들을 걱정한다. 지나친 생각은 불안을 더 만들어내는데, 시간적 여유로 인해 혼자만의 생각이 늘어나다 보니 덩달아 불안도 늘어난다. 이 시기의 불안을 잘 극복해내지 않으면, 엄마는 아이를 더 통제하려 들거나 부정적인 피드백을 주게 되기도 한다. 그러면 아이들은 더 자라 십 대 시절의 거친 반항과 단절을 보일 수도 있다.

엄마의 마음은 그래서 더 중요하다. 엄마의 마음이 우울하거나 불안하면 아이의 행동을 있는 그대로 보질 못하게 된다. 엄마와 아이는 마치 싸우려고 태어난 존재인 것처럼, 무수한 다툼과 갈등, 반항을 접하게 되는 것이다. 그런데 아이는 아이대로 사춘기라는 감정의 대 격동기에 들어가게 된다. 많은 엄마들이 이 시기 자녀들의 손을 붙들고 상담실을 찾아온다. 도무지 해결이 안 되는 갈등과 버석하게 말라버린 관계를 해결할 여력이 없어서다. 엄마들은 차라리 아이가 어려 밤새 보채고, 먹이고 입히느라 눈코 뜰 새 없던 시절이 더 나았다고 호소한다. 자신의 존재감이고, 뭐고 모든 것을 다 내주어야만 했던 그때가 훨씬 마음은 편했다고 한다. 지금은 그렇게 엄마의 모든 것을 다해서 아이를 돌보지 않아도 되는데 왜 마음은 더 지옥 같은지 모를 일이라고 한다. 어느 순간 아이들은 엄마와 한판 했다는 표현을 쓰고, 다른 사람 말은 들어도 엄마 말은 안 듣는 모습도 보인다. 엄마는 그런 아이의 모습에 좌절한다. 내가 그동안 못 입고, 못 자며 마음을 다준 애가 맞나 싶다. 사춘기가 이렇게 아이를 망치는 것 같다.

하지만 좌절에 빠져 있는 것은 아무것도 해결해주지 않는다. 내 품 안에서 자라 어느새 훌쩍 큰 아이와 엄마는 새로운 관계를 맺는다는 생각을 해야 한다. 그를 위해 엄마인 당신은 우선 아이와의 관계가 달라졌다는 사실을 인정해야만 할 것이다. 사춘기가 아이를 망친 게 아니다. 자신이 생각하고 기대하던 아이의 모습이 아닐 뿐이다. 기대와 불안이라는 안경을 벗으면 고군분투 중인 아이의 현실이 보일 것이다. 지금 아이는 자신의 시간 속에서 성장하고 변화하고 있다. 그것도 아주 격렬하게 말이다. 그리고 엄마 못지않게 아이 역시 불안의 시간을 겪고 있음을 알아둘 필요가 있다.

사춘기는 성장을 의미하지만 충돌을 의미하기도 한다. 사춘기 시기, 성인의 몸으로 변모하지만, 마음과 심리정서적, 학습과 직업적인 능력 면에서는 어른 역할을 감당할 수 없기 때문에 내적 충돌이 일어난다. 몸의 성장만큼 정서적, 심리적, 사회적인 상태에서 전반적으로 안정을 이뤄야 한다. 그런데 몸과 마음이 하루에도 몇 번씩 충돌을 일으키니 십 대 청소년 스스로가 답답하고 미칠 노릇이 아니겠는가. 온전히 자신을 책임지고 어른으로 살아가야 할 날이 서서히 다가오는데 아직도 내면은 작고 여린 아이가 들어 있으니 어떻게 혼란이 없을까. 십 대 자녀들은 스스로 이상하고, 특이하다는 생각에 사로잡히게 되고, 자신과 비슷한 누군가를 찾기 시작한다. 이 시기 또래 친구와의 시간은 급격히 늘어나는데, 학교생활 때문도 있지만, 정서적으로 또래 친구와 의지할 수밖에 없는 영향도 크다.

그 여파로 부모와의 거리는 더 멀어지게 된다. 자녀 입장에서 부모는 처음부터 어른이었기에 자신의 혼란을 잘 알지 못한다고 생각하기 때문이다. 부모가 자신에게서 멀어지는 자녀에게 불안을 느끼는지도 모르고 말이다. 자녀의 주도하고자 하는 욕구, 자율과 독립하고자 하는 욕구와 부모의 통제 욕구가 충돌되기 때문에 더 멀어질 수 있다.

때로 부모들은 십 대 아이에게 "다 컸다."면서 "네가 알아서 해라." 고 했다가, 못 미더움을 버리지 못하고 일일이 간섭하거나 신경을 쓴다. 엄마에게 불안이 많으니 아이를 보는 시각 역시 불안이 물들어 있다. 아이를 마치 물가에 내놓은 것처럼 걱정이 많다. 이제 아이는 커서 물가에서도 스스로 헤엄칠 수 있는데도 말이다. 아니 설령 서툴더라도 아이 스스로 물가에서 헤엄쳐 보겠다고 노력하고 있는데 말이다. 아이들이 더 혼란스럽지 않겠는가.

관계는 어찌 보면 시각의 문제다. 문제라 생각했던 관계가 자신의 한쪽 시각이었음을 발견하는 순간, 얽힌 관계에서 해결의 실마리를 찾을 수 있다.

엄마가 이러한 점을 스스로 발견해내기만 해도 관계의 양상은 달라진다. 인지는 태도의 변화를 가져오기 때문이다. 엄마의 마음도 힘든데 그럴 여유가 있냐고 말할 수도 있다. 하지만 훌쩍 큰 아이더라도, 관계에서 다가서는 것은 역시 엄마의 몫이다. 아이는 엄마를 통해 관계를 배우기도 한다. 엄마는 가장 가까운 어른이기 때문에 그들의 불안을 읽어주고, 지지해주고, 이해해주는 자세가 필요한 것이다.

또 한 가지 이해해야 할 것이 있다. 청소년은 웃고 있으나 진실로 웃는 것이 아닐 때가 많다. 아무 일 없이 잘 크고 있는 것 같으나 내면에는 큰 불안으로 두려워하고 있다. 내가 좋은 어른이 될 수 있을지,

나는 어떤 사람이 되어야 하는지 내밀 수 있는 명함이 아직 없기 때문이다. 대부분의 경우, 분명한 목표도 없을 뿐 아니라 어떻게 살아야 할지가 정립되지 못했기 때문이다. 그리고 시선 속에 갇히기 쉬운 나이다. 누군가 자신을 지켜보고, 자신이 주인공으로서 잘해 나가야 한다는 부담감에 시달릴 때다. 이러한 시선과 부담감에 대한 공감은 아빠보다는 엄마가 더 잘한다. 여자들은, 남자보다 타인의 시선을 많이 의식하고, 성과에 대한 기쁨보다는 부담감을 더 느끼곤 한다. 그러니 자녀의 마음을 더 공감하기 쉽다. 게다가 엄마에게는 불안의 비이성적인 생각을 쫓아낼 경험과 힘이 있다. 어른으로서 십 대 자녀의 불안을 공감하고, 이해해주자. 자신의 불안을 몰라주는 부모에게 반항하고 대드는 자녀를 너그러이 감싸주자.

엄마들이 청소년의 불안을 모르겠거든, 내가 결혼을 결정할 때 결혼생활을 잘 꾸릴 수 있을까, 행복할 수 있을까 고민했던 것을 생각해보자. 내가 직장생활을 할 때 출중한 선배들에게 압도되어 아슬아슬하게 신입시절을 보내던 걸 떠올려 보자. 아이를 임신했을 때 건강하지 못한 아이가 나올까 노심초사하던 시기를 생각해보자. 살면서 겪었던 다양한 고난과 어려움을 통과할 때 얼마나 힘들었는지 잘 알지 않는가. 십 대 아이들은 미숙하고 힘이 모자라기 때문에 더 불안하다. 십 대와 잘 지내려면 그들의 불안을 이해하자.

십 대 청소년과 잘 지내려면

말부터 바꾸자   십 대 자녀의 불안을 이해한다면 이제 관계에 있어 한 계단을 오른 셈이다. 관계에 끼어 있는 부정적인 생각을 거둬내면 내가 할 수 있는 일이 보인다. 이제 자신감을 가지고 행동할 차례다. 사춘기 자녀와 잘 지내려면 어떻게 해야 할까?

우선 말을 바꿔보자. 사춘기 자녀에게 "해라."와 "하지 마라." 같은 지시의 단어를 사용하기보다 "어떻게 생각하니?", "부탁할게." 식의 제안의 언어를 써보는 것이다. 때로는 수많은 잔소리보다 정보만 제공하는 것이 더 낫다. "왜 방에 불을 자꾸 켜놓니? 넌 엄마 말을 안 듣니?" 하는 대신 "방에 불이 켜져 있구나." 하고 알려만 주자. 이런 언어는 청소년을 존중해주는 느낌이 들고, 강요나 강압이 아니라 선택의 자유를 느끼게 한다.

사춘기가 되면 무엇보다 자율과 독립의 욕구가 높아진다. 그런데 현실에서는 그들에게 자유가 없다. 심지어 선택의 자유도 없다. 친구를 사귀는 것조차도 엄마의 허락을 받아야 하고 학원에 가는 것, 라면을 먹는 것까지도 전부 허락을 받아야 한다. 그러다 보니 청소년의 입장에서는 중요한 욕구가 좌절되고 거듭 무시 받는 꼴이 되어 내면에 분노가 쌓일 수 있다. 분노가 쌓이면 엄마를 쏘아보게 되고, 말을 함부로 내뱉거나 마찰이 생기지 않겠는가. 어떤 아이들은 그 자유와 독립을 만끽하고자 게임에 빠지기도 한다. 왜냐하면 게임에서는 자기 선택, 자기주도, 자기이상이 가능하기 때문이다. 내 맘대로 게임종류를 선택하고, 파트너를 선택하고 무기도 선택하며 자기 마음대로 할 수 있다. 현실에서는 왜소하고 작은 내가 게임 세상에서는 강력한 파워를 가질 수 있기 때문이다. 그러니 현명하게 아이의 욕구를 채워주어야만 한다. 말을 바꿈으로써, 심리적으로 자율과 독립의 욕구를 채우는 효과를 볼 수 있다.

아이들의 입장에서 보면 '하라'와 '하지 마라'는 대화가 아니다. 상담실에서 그들은 그런 대화를 '쓰레기'라고도 표현한다. 그들은 아침저녁 엄마의 '하라'와 '하지 마라'를 듣는 것으로도 모자라서 문자와 메신저로도 듣는다. 아이들은 내 앞에서 그런 문자와 카톡이 와도 본체만체한다. 왜 확인하지 않느냐고 묻는 나에게 아이는 "보나마나 학원에 바로 가라는 얘기겠죠. 뭐."하고 넘긴다. 정말 확인해보니 엄마들의 문자는 모두 똑같다. 아이들은 엄마의 문자를 스팸문자라고 한다. 당신이 신경 써서 일일이 전하는 '하라'와 '하지 마라'는 아이들에게 있어 스팸 수준이란 말이다. 아침부터 밤늦은 시간 잠자리에 들기까지 당신이 하는 언어는 전부 '하라'와 '하지 마라'에 들어갈 수 있다. 설마 하는 마음이라면 한번 체크해보자. 하나의 잔소리를 한 번만 말하는지 말이다. 같은 종류를 서너 번은 얘기하지 않는가? 어느 아이도 수없이 반복되는 말에 지치지 않을 아이는 없다. 물론 어른도 마찬가지고 말이다.

절대 양보할 수 없는 것 몇 가지만 '하라'와 '하지 마라'로 하자. 그 대신할 무언가를 고안해보아야 한다. 예를 들면 아침에 아이를 깨우느라 잔소리하지 않기 위해서 다음과 같이 할 수 있다. 핸드폰 알람을 설정해 직접 일어나 꺼야 하는 장소에 둔다. 5분 단위로 알람을 여러 개 설정해 아이 스스로 일어나 끄게 만드는 것이다. 물론 처음에는 잘 안 된다. 연습이 필요하다. 참, 깨울 때 엄마들이 염두에 두어야 할 것은, 너무 일찍부터 깨우려 애쓰지 말아야 한다는 것이다. 두 시간 전부터 깨우며 아이와 "제발 5분만~ 5분만~"으로 싸우지 말자. 아이가 밥을 안 먹더라도 배가 고프면 매점 가서 무엇이든 사먹을 것이다. 그냥 일어나서 씻고 뛰어가면 늦지 않을 시간에 깨워도 괜찮다. 뛰어가는 아이에게 바나나, 우유를 들리면 충분하다. 아이와 진을 빼고 싸우는 것은 그만하자.

"게임 그만하고 일찍 들어와라."고 말하기보다 "오늘 일찍 들어와 줄 수 있니? 부탁해."라고 말해주자. 그러면 선택은 아이에게 있는 것이다. 실제로 엄마들은 아이가 이를 들어줄 수도 있고, 안 들어줄 수도 있음을 받아들여야 한다. 그런데 엄마들은 이 말을 마치 아이를 조정하는 방법으로 사용하면서 아이가 부탁을 들어주지 않으면 화를 낸다. 그럼 사춘기 자녀들이 혼란스러워서 엄마의 진위가 뭔가 더 고민하게 된다.

말이 나온 김에 문자도 얘기하고 싶다. 아이들은 엄마가 매일 "어디야?", "언제 와?", "학원 빠지지 않고 갔니?" "늦지 말고 들어와."라는 문자에 답을 하지 않는다. 아이들의 입장에서는 감시의 문구이기 때문이다. 엄마들은 아이가 스케줄대로 움직이기를 바라지만 아이들의 입장에서는 족쇄 외에는 별 다른 의미가 없다. 엄마 입장에서는 아이가 안전하게 잘 다니고 있는지, 위험은 없는지 확인하려는 것도 있을 테지만 아이들에게는 감시 외에 그 이상도 그 이하도 아니다. 적어도 아이가 엄마의 문자를 받을 때 "어휴! 마녀 떴어!!"라는 얘기를 듣지 않을 수 있어야 한다. 이제 감시의 문자가 아니라 아이를 사랑하는 문자, 아이를 존중하는 문자를 보내보자. 한 문장을 보내더라도, 아니 이틀에 한 번 보내더라도 문자를 보낼 때 진정성 있게 사랑하는 문자를 보내주면 좋겠다. "아들! 오늘 하늘을 보는데 참 맑고 좋네. 엄만 우리 아들이 가끔 하늘을 보며 시원한 마음을 가졌으면 좋겠다."라고 해보자. "엄마가 아줌마들끼리 맛있는 거 먹는데 아들 생각났어. 담에 꼭 같이 오고 싶다." 이런 문자를 보내보자. 참, 아이들은 엄마의 문자에 원래 답을 잘 안 한다. 어쩌다 "네." "ㅇㅋ." 이렇게만 와도 좋은 반응이라고 생각해야 한다. 거의 그 정도조차 답하지 않는 게 요즘 아이들이다.

마지막으로 말할 때 눈빛과 태도가 일치했으면 한다. 아이들은 엄마의 눈이 어디로 향해 가는지 너무 잘 알고 있다. "아들 사랑해."라고 말하면서 눈빛은 어떤 기대를 담거나 사랑을 담지 않는다면 어떻게 그 말을 믿을 수 있겠는가. 말의 내용보다 엄마가 보이는 태도에 더 많은 메시지가 담겨 있다. 그러므로 일관성 있게 태도에서도, 손짓에서도 아이를 사랑하고 있음을 표현하자.

1. 문제만 말하기

넌, 어째 그 모양이니? 몇 번 말해야 알아듣겠어!

➡ 영민아. 화장실 불이 켜져 있구나.

2. 감정 표현하기

버릇없는 녀석! 어디서 말대꾸야!

➡ 네가 그렇게 말하면 엄마가 말을 못하니까 화가 나.

3. 정보 주기

우유를 이렇게 두면 어떡해! 넌 정말 산만해. 네가 해먹은 우유가 몇 개째야.

➡ 우유는 밖에 그냥 놔두면 상한단다.

4. 한마디로 표현하기

오늘 시험 어땠니? 어렵지 않았어? 잘 봤어? 다른 애들은 어떻게 보았다니?

➡ 애썼다.

5. 격려와 칭찬 많이 하기

➡ 괜찮아, 애썼어, 잘했네

6. 감정 읽어주기

넌 왜 친구도 하나 잘 못 사귀니?

➡ 친구가 너를 무시해서 기분 나빴구나.

엄마는
가족 관계 전략가

엄마가 외로움을 호소하는 것을 바꾸어 생각해보면, 엄마만큼 가정 내에서의 돈독한 관계를 원하는 사람이 없기 때문이기도 하다. 남편에게는 가정만큼 바깥 활동의 비중이 큰데다가, 아이는 자랄수록 엄마의 품을 벗어난다. 엄마는 이때 상실감을 느낀다. 자신의 존재감에 대해 고민하게 되고, 가정에서 자신의 역할이 줄어들면서 자존감이 약해진다. 그리고 그에 따른 관계불안을 앓는 것이다. 하지만 이것은 관계를 바라보는 시선의 문제일 수도 있다. 자신이 관계에서 무력하다는 생각에 빠져들면, 그저 불안해하고 우울해할 뿐 아무것도 하지 않거나 과잉 반응으로 대처하게 된다. 이제 관계에 대해 수

동적인 시각을 바꿀 때다. 엄마가 불안을 느낀다는 것을 바꾸어 말하면, 그만큼 관계에 대한 위기를 잘 감지한다는 것이다. 그만큼 대처도 빨리 할 수 있다. 관계에 대해 더 능동적인 시각으로 보면 엄마의 위치는 실로 대단하다. 다시 말해 엄마는 가족의 중추라고 할 수 있다.

집안에서도 엄마의 감정이 불안하거나 좋지 않으면, 가정 분위기도 그에 따라간다. 엄마와 영혼의 붉은 실로 맺어 있는 아이는 말할 것도 없거니와, 남편도 눈치 있게 행동은 못해도 평소보다 기를 펴고 지내지는 못한다. 집안사람들이 어딘지 모르게 다운되는 것이다. 엄마는 자신의 존재를 좀 더 핵심적인 역할로 볼 필요가 있다. 더 나아가 가족 관계를 이끄는 전략가로서 자신을 봐줄 필요가 있다.

먼저 부부관계를 보자. 남자들이 여성 호르몬이 증가하는 중노년기가 아니라면 대부분 아내 쪽에서 먼저 관계 문제를 호소한다. 자신에게 소홀한 남편, 자신의 말을 들어주지 않는 남편, 자신을 위해 나서지 않는 남편. 문제를 들여다보면 분명 둘 사이의 문제인데 인식은 아내만 하는 경우가 많다. 아내는 심각, 남편은 덤덤한 경우가 꽤 많다는 이야기다. 그만큼 남자들은 관계에 대해 감정보다는 이성이 작용하고, 비중도 아내보다 적게 둔다. 이것을 바꿔 보면, 아내는 관계 문제 인식에 더 재빠르고 남편은 문제 인식에 더 더디다고 볼 수도 있다. 여자들도 스스로 알고 있다. 스스로 남편보다는 관계에 대해 더 잘 알고 있으며, 더 잘 반응한다는 것을 말이다. 자신의 행동과 처사에 따라 집안 분위기가 좌지우지도 될 수 있음을 말이다.

전략가로서 보면, 부부관계에서 불화가 있다고 무조건 분노하거나, 약속 등을 받아낸다고 해서 문제가 해결되는 것은 아니다. 먼저 대화에 서툰 남편을 문제해결의 장으로 이끄는 것부터 해야 한다. 남편들은 말싸움에 밀리는 것이 싫어, 아예 문제 자체를 들여다보려 하지 않는 것도 있다. 이를 위해 관계에 긴장감을 풀어주고, 남편의 자존감을 지켜주는 태도로 이야기해보는 자세가 필요하다. <u>엄마, 당신의 태도가 조금만 더 노련해져도 관계는 눈에 띄게 달라진다.</u> 그다음 엄마 자신의 마음에 어떤 불안이 자리하는지를 잘 전달하는 것이다. 대체로 남편보다는 아내가 관계에 더 민감하기 때문에 이 부부관계를 따뜻하게 유지하는 것도 아내 쪽에서 더 할 게 많다.

'왜 내가 이렇게까지 노력해야 하나, 할 일도 많아 죽겠는데' 하는 생각이 든다면 이렇게 말해주고 싶다. '이건 당신이 이 집에서 제일 잘한다. 잘하는 분야에서 활약하는 것이야말로 제대로 자존감을 높이는 행동이다. 그리고 잘하다 보면 당신의 가치를 식구들이 다 안다.'고 말이다. 또한 식구들과의 관계를 잘 맺어주는 것도 엄마인 당신이 잘하는 분야다. 십 대 자녀들은 대부분 아빠와 소통하기를 힘들어 한다. 가부장적인 우리 문화에서 아빠들은 아직까지 육아 이슈에 익숙하지 않기 때문이다.

최근 들어 아빠교육이 활발해졌다 해도 일부의 이야기일 뿐이다.

아직도 아빠들은 아이와 이야기하다 잘 안 되면 호통이나 무관심으로 대하기 십상이다. 아이 입장에서도 아빠와 소통하는 것 자체가 매우 낯설고 자칫 간섭처럼 느껴지기 쉽다. 게다가 자녀는 자녀대로 소통에 미숙하기 때문에 자칫 서로 오해와 불안감만 주고받을 가능성도 높다. 이 둘의 사이를 잘 잡아주는 것도 엄마가 나서야 한다. 엄마가 있으면 분위기가 부드러운데, 아빠랑 아이만 있으면 서먹한 집이 한둘이 아니다. 그만큼 엄마는 가족의 윤활유와 같은 존재이며, 더 나아가 둘 사이를 잘 맺어줄 가교이기도 하다.

그리고 많은 집에서 호소하는 십 대 자녀를 다룰 때도 전과 달라야 한다. 이 관계에도 그에 맞는 전략이 필요하다는 것이다. 아이가 바뀌고 있는데 엄마는 바뀌지 않고 그대로 간다면 아이와의 갈등은 더 깊어지게 된다. 이를 위한 네 가지 전략을 살펴보자.

첫 번째는, 아이와의 관계에서 엄마는 이제 자극제 정도의 역할만 하자. 유아나 아동일 때는 아이가 혼자서 하기보다는 엄마 아빠가 구체적으로 가르쳐 주고 도와주는 것이 맞다. 하지만 이제 아이는 사춘기다. 지도 방향을 바꿔, 아이의 의견을 묻고 생각을 듣는 쪽으로 가야 한다. 학원을 가지 않는 아이에게 "무조건 가야 한다."고 말하지 말고 "그렇게 하면 어떤 결과가 올 것 같니?"라고 질문을 던짐으로 아이 스스로가 고민해볼 수 있게 하여야 한다.

둘째, 해결 방법을 정할 때도 아이의 의견을 묻고 합의하자. 일방적인 엄마의 의사에 아이들은 귀찮으니까, 싸우기 싫으니까 대답은 건성으로 "알겠다."고 답한다. 아이의 이 대답은 의미 없는 답변이다. 처음부터 대답을 지킬 마음이 없는 것이다. 엄마들은 그 대답을 들을 때까지 계속 재촉하고, 그 대답을 얻어내면 아이가 지킬 것으로 생각한다. 그리고 만약 대답한 대로 하지 않으면 아이가 지속적으로 거짓말을 한다고 생각한다.

관계의 기본은 상호 존중이다. 하지만 엄마들은 종종 가족에게 이 기본을 잊고는 한다. 남편이나, 아이나 마찬가지다. 그러니 이제부터는 아이와 합의해서 방법을 정하고, 그 약속을 지킬 수 있도록 해보자. 물론 합의하는 과정에서 부모의 기준에 미치지 못할 수 있고 시간이 더 걸릴 수도 있다. 그렇더라도 지속적인 타협과 논의를 통해 두 사람이 가능한 합의점에 이르는 것이 중요하다. 당신이 일반적인 사회관계에서 다른 엄마들의 의견을 묻고 약속을 정하는 것처럼 아이에게 그렇게 해야 한다.

예) "8시까지 들어와라!"

→ "8시까지 들어오는 것은 어떨 것 같니?"

"그건 정말 힘들어요."

"힘들다는 얘기구나. 그럼 왜 힘든지 엄마에게 설명해줄 수 있겠니?"

"학원 갔다가 잠깐 친구들이랑 만나 기분도 풀어야 하는데 너무 빡빡한 것 같아요."

"그래. 가끔 기분을 풀어야 한다는 건 인정한다. 하지만 엄마도 아들이 너무 늦게 다니면 걱정되는 것도 사실이야."

"그래도 우리 집은 귀가 시간이 친구들 중에서 제일 빨라요."

"엄마도 양보하기는 어렵지만 그렇다면 일주일에 세 번은 8시까지 들어오고, 나머지 두 번은 9시에 들어오는 것은 어떠니?"

세 번째는 일관된 태도를 유지해야 한다. 아이를 대할 때 엄마의 기분에 따라 자주 달라진다면, 아이는 혼란스러울 거고 분노를 더 만드는 일이 된다. 어떤 날은 기분이 좋으니까 자녀가 컴퓨터하는 것을 그냥 넘어갔다가 어떤 날은 버럭 화를 내는 것은 그만하자. 다음과 같은 대화를 하지는 않았나 돌이켜 보자.

예) "오늘은 엄마가 기분 좋으니까 컴퓨터를 3시간 해."

"엄마가 오늘 기분이 별로인데, 웬만하면 신경 쓰지 않도록 말 좀 잘 들어. 컴퓨터도 당장 끄고. 엄마 경고했다!"

참, 훈육 얘기가 나와서 한 가지 더 부탁을 하고 싶다. 자녀를 훈계할 때 자녀의 감정을 살폈으면 한다. 무조건 엄마의 감정대로 화내고 혼내지 말란 말이다. 때로 엄마의 감정적인 훈육이 아이에게 씻을 수 없는 상처를 줄 수 있다. 적어도 아이의 자존심을 세워주고 아이를 존중하는 태도를 꼭 지켜주었으면 한다. 그러기 위해서는 폭력은 물론이거니와, 욕설과 인격 모독의 말을 해서도 안 된다. 어떤 엄마는 화가 난다고 아이에게 컵을 던지고, 함부로 뺨을 때리거나 머리채를 잡는 경우도 많은데 그때 아이는 수치심과 엄마를 죽이고 싶은 분노감을 가질 수도 있다. 그들도 인격적인 존재라는 것을 잊지 말자. 아이의 평생에 그 기억은 지울 수 없는 상처가 된다.

네 번째는 울타리를 조금 넓혀야 한다. 아이가 어릴 때는 부모가 가까이에서 챙겨주며, 도와주는 것이 당연했다. 하지만 청소년 시기에는 그 울타리를 조금씩 넓혀가야 한다. 키가 자랄 때마다 옷을 바꿔주고, 침대를 바꿔주지 않는가. 눈에 보이는 것은 그리도 빨리 잘 바꿔주면서 왜 눈에 보이지 않는 것에는 그렇게 속도가 더디단 말인가. 아이에 대한 당신의 태도를 조금씩 넓혀주자. 내가 울타리를 넓혀주고, 그 울타리 안에서는 자녀가 무엇이든 자유롭게 할 수 있지만 울타리를 넘어서는 안 됨을 알려주자. 그리고 언제나 네가 어렵고 힘들 때는 엄마가 있다는 것을 알게 해주어야 한다.

상대방의 자존감을

높여주자

엄마 자신은 물론이거니와 식구들이 서로의 자존감을 해치지 않는, 아니 높여주는 관계를 지향해야 한다. 특히 아이의 경우, 사춘기 때 자신의 존재를 좋게 평가하는 것, 자신을 존중하는 것이 매우 중요해진다. 내가 누구이고, 어떤 어른이 될 것이고, 어떻게 살아갈지 자신에 대해 정립하는 시기이기 때문에 자존감이 높아야 이 시기의 준비가 순조로워진다. 만약 자존감이 낮다면 사춘기 아이의 방황은 더 길어지고 불안함은 급증하게 된다. 어려운 시기에 자신을 붙잡아주고 방황의 터널을 빨리 빠져나오게 하는 데 자존감은 매우 중요하다.

아이나 어른이나 자존감이 부족해지면 관계에 대한 에너지도 약해지기 마련이다. 우리는 친구나 이성 친구를 사귈 때도 마찬가지다. 자존감이 낮은 사람은 같은 사실을 보아도, 원하는 메시지만 잘라 받아들인다. 예를 들어 상대방이 나를 무시하고 지나갔다면 자존감이 높은 사람은 '무슨 나쁜 일이 있었나 보다'라고 생각하면서 마음을 다스리지만 자존감이 낮은 사람은 '내가 뭐 잘못했나. 혹시 저 애가 나를 싫어하면 어떻게 하지?'하고 전전긍긍하게 된다. 자존감은 쉽게 설명하면, 어떤 일이 있어도 내가 괜찮은 사람임을 믿는 힘이다. 자존감은 관계만이 아니라 성과를 높이는 일, 목표를 성취하는 일, 주도적으로 삶을 살아가는 일, 원만한 사회생활, 좋은 가정을 만드는 일에 모두 필요하다.

아이의 경우 부모와의 좋은 애착이 자존감에 큰 영향을 준다. 부모와 믿을 수 있고 따뜻한 좋은 관계가 만들어지면, 아이는 사랑받고 있다는 충족감에 자존감도 높아진다. 그러므로 엄마가 마음이 우울하고 불편하다고, 아이를 밀어내거나 짜증을 낸다면, 아이는 자신의 존재 자체가 흔들리는 경험을 하게 된다. 언제나 아이와 눈을 맞추고, 애정이 있는 스킨십으로 감싸주며, 사랑받고 있다는 느낌이 늘도록 해주자.

부부 사이는 0촌으로 가장 가까운 사이라고도 볼 수 있다. 그러나 현실에서 육아와 일로 매우 바쁘고, 또 가장 가깝다 보니 '배려를 당연하게 요구'하고, 소통에 대해 노력하지 않는 부부들이 많다. 아이가 태어나고 부부가 부모가 되는 순간, 부부 사이는 육아라는 가장 큰 의무를 수행하느라 서로를 향한 배려와 지지가 약해진다. 그 사이 엄마는 산후 우울이나 '엄마'라는 거대한 역할에 대한 불안에 빠지기 쉬운데, 이때 남편의 지지가 매우 큰 역할을 한다. 아내가 엄마 노릇을 잘 못해도, 엄마 그 자체만으로도 매우 위대하다는 것을 알려 주고, 아내의 자존감을 지지해주어야 하는 것이다. 나의 자존감이 중요한 만큼 상대방의 자존감도 매우 중요하다. 관계는 일방향이 아니라 쌍방향이다. 관계를 맺는 사람들이 모두 자존감이 높아야 건강한 관계가 가능해진다는 것을 잊지 말자.

아내 역시 남편의 자신감을 높여주는 말과 행동을 지향하자. 남편은 아무래도 아내보다 '성공과 성취'에 큰 영향을 받는다. 불안정한 사회에서 가장에게 '할 수 있다'는 동기와 의욕을 지피는 것은 매우 중요하다. 중년 남성의 우울증도 증가하는 추세다. 남편 스스로도 자신의 마음을 잘 점검해야 하지만, 아내와의 관계에서도 많은 에너지를 얻을 수 있다.

남편보다는
내가 더 관계에 노련하다

해질녘 두 손을 꼭 잡고 걸어가는 노부부의 뒷모습은 얼마나 아름다운지 모른다. 창 넓은 창가에 마주 앉아 도란도란 얘기를 나누는 부부가 참 보기 좋다. 그들에게 간절한 설렘으로 애정을 가득하게 나누는 젊은 연인의 뜨거움은 없어도 모진 세월을 같이 살아온 동반자로서의 과묵함과 깊은 신뢰가 보인다. 아마 당신도 이런 부부를 부러워할지 모른다. 남편과 이렇게 늙어가고 싶다고 생각할지도 모른다. 당신은 우리 부부가 어떤 그림이길 원하는가. 어떤 그림을 그렸건, 저절로 이뤄지는 건 없다. 서로 더 많이 품고 더 많이 노력해야 가능한 일이다.

그런 점에서 아내들은 참 힘들다. 남편에게서 좋은 친구가 되어주어야 하고, 귀여운 연인이 되어주어야 한다. 또 신사임당 같은 현명한 엄마도 요구받는다. 남편을 언제나 따뜻하게 받아주고 품어주는 아내가 되어야 하고, 그러면서 간섭하고 잔소리하는 건 또 딱 질색이란다. 최근 유튜브에서 '무보수로 가족을 위해 헌신하는 엄마의 역할을 요구하는 구인광고'가 이슈가 된 적이 있다. 그런 것을 볼 때 슈퍼우먼과 같은 엄마의 활약은 비단 우리나라만의 이야기는 아닌 듯하다. 엄마들은 빨래, 요리, 청소 등 경제적인 가치로 제대로 환산되지 않은 일들을 수도 없이 해낸다. 병행적인 일을 뛰어나게 처리할 수 있는 여자의 뇌 덕분일까? 우리 엄마들은 무수한 역할을 아주 훌륭히 수행해내고 있다. 아내의 입장에서 자신의 이런 노고를 남편이 알아주고, 립서비스라 할지라도 따뜻한 말 한마디 건네주길 바라지만, 남편들은 좀처럼 그런 표현을 안 한다. 원래 그런 걸 잘 못한다는 말과 함께 말이다.

나는 이러한 아내들의 노고에 남편들이 칭찬을 아끼지 않았으면 좋겠다. 실제로 남자들은 관계에 서툰 만큼이나 감정 표현도 약한 편이다. 자신의 속마음을 털어놓는 것을 어색해한다. 그러나 언제까지고 모르고 서툴다고 하지 않을 수는 없다. 이런 것은 의도적으로 노력해야만 가능해진다. 따뜻한 관계 역시 노력의 산물이다. 변화하는 시대에 따라 가족 구성원은 점점 축소되고 있고, 자녀들이 품을 떠나면 결국 부부만이 남는다. 그렇기 때문에 남편들도 좀 아내들을 위해 변하기를 바란다. 행복한 노부부의 그림을 아내 혼자 그려서는 안 되는 일 아니겠는가.

하지만 바람과 달리(당신의 환상을 깨고 싶은 마음은 없으나), 남편은 앞으로도 계속 철이 없을 가능성이 높다. 앞으로 엄마인 당신에게 또 상처를 줄 수 있다. 젠틀하고 집안일도 잘 돌아주고, 육아도 잘하고 돈도 잘 버는 그런 이집남(이웃집 남편)은 현실에서는 보기 드물다. 나를 알아서 섬겨주고 말하지 않아도 챙겨주는 그런 남편은 없다고 봐도 좋을 정도다. 당분간 우리는 계속 싸울 수 있다. 현실적으로 이야기하자면, <u>아내가 관계를 좀 더 주도해야만 긍정적으로 변화할 가능성이 더 크다.</u> 일단 남편은 관계 노력의 필요성 자체를 아내보다는 덜 느끼기 때문이다.

행복한 부부관계를 위해 먼저 남편에게 기대하는 완벽한 기준을 버렸으면 한다. 완벽은 긴장과 강박을 가져오고, 지켜지지 않을 때의 불안감과 실망을 준다. 남편에게 의존해서 당신의 삶이 행복할 거라는 기대를 버리란 말이다. 기브 앤 테이크(give & take)가 꼭 맞아야 한다는 생각도 버려라. 나는 적게 주고, 상대는 더 많이 주어야 한다는 마음도 버려라. 힘겨루기는 쓸데없이 힘만 뺄 뿐이다. 힘겨루기의 구도에서 빠져나오면, 애초에 조금 더 주는 것은 그리 큰 문제가 아니라는 걸 깨닫게 될 것이다. 남편이 바뀌면 나도 이렇게 안 한다는 생각도 버려라. 그렇다면 남편이 잘할 때까지 당신은 맘고생을 실컷 할 테니 말이다. 남편을 개조할 생각도 버려라. 상대는 바뀌지 않는다. 상대를 변화시키는 데 에너지를 쏟다간 당신이 먼저 지칠 가능성이 높다. 왜 당신 마음을 몰라주냐고, 왜 내 편이 되어주지 않느냐고 따지지도 마라. 남편들이 당신을 전적으로 돕고 당신의 든든한 고목나무가 되어주려면 시간이 더 걸린다. 남편은 당신만큼 재빠르지 않다. 남편에게서 아버지를 기대하지도 마라. 우리 내면의 따뜻한 아버지가 그리워 결혼한 다음 남편에게 그 욕구를 충족하려 하지만, 남편은 아버지가 아니다.

처음부터 결혼을 안 했으면 모를까 했다면 이제부터 좋은 기준, 높은 기준을 버리고 그냥 남편 그 자체를 받아들이려고 노력해보자. 남편은 표현하는 데 서투르고, 당신이 알려 주지 않으면 상대방의 마음을 잘 알아채지 못한다. 당신의 도움이 필요한 존재인 것이다. 그런 다음 당신이 가정의 주인으로서, 당신의 삶과 가정을 가꾸고 있다고 생각을 바꾸어 보자. 보이지 않는 실세, 보이지 않는 오너는 당신이다. 사랑 받기 위해서, 사랑하기 위해서 행복하려고 결혼한 것이 맞지만 남편이 채워주는 것이 아니라 자기 자신이 채워가는 것이다. 그러니 이제부터 당신이 수동적으로 남편에게 부속되지 말고, 적극적이고 주도적인 사람이 되길 바란다.

또한 남편은 평행선을 줄이지 못한다. 여러 역할이 동시 가능한,

멀티인 당신만이 평행선을 줄일 수 있다. 여자에게는 그 능력이 선천적으로 탁월하게 주워진 것을 어쩌랴. 남편에게 노력해야 할 필요성을 상기시키면서도, 당신이 먼저 다가가서 평행선을 좁혀라. 조금 억울하지만 당신의 다가섬으로 언젠가는 남편도 좋은 배우자로서의 노력을 하기 시작할 것이다.

무엇보다 당신은 엄마니까 내 아이에게 좋은 부모가 되어 주기 위해 남편과의 사이도 좋아야 한다. 건강하고 행복한 가정 속에서 우리 아이들이 안심하고 성장하도록 할 수 있다. 당신의 면류관은 나중에 대가를 받는다. 인생은 공평하다. 그러니 '나만 왜 이렇게 고생해야 하나'라고 투덜대지 말자. 당신이 가정의 오너이기 때문에 그만큼 어려운 자리에 있는 거다.

당신이 바로 서야 남편이 숨을 쉬고 철이 든다. 당신이 바로 서야 자녀가 안정되고, 잘 큰다. 당신이 바로 서야 다음 세대의 계보가 무탈하게 연결된다. 이렇듯 당신의 가치는 말로 따질 수 없이 높다. 그러니 여자인 것에, 아내인 것에, 엄마인 것에 높은 프라이드를 가지고 좋은 가정을 만드는 데 주력하자. 당신이 경영하는 유일무이한 가정이니 말이다.

이제부터는 남편이 무얼 잘해야 내가 행복해지는 것이 아닌 걸로, 정리하자. 대신 내가 먼저 무엇을 하면 남편이 반응하고, 변화를 가져오는 걸로 생각하자. 그럼 아이들이 행복해지고 다시 내가 행복해지는 것이다. 좋은 바람이 나에게로 불어오게 하기 위해서 당신이 따뜻한 입김을 먼저 불어야 한다. 지혜와 경륜이 풍성하게 농익은 당신이 되길 바란다.

지혜로운 아내는
혼자 떠안지 않는다

　　많은 엄마들이 끝이 없는 물리적인 일들에 치여서 피로를 호소한다. 가사 일이 쌓일 때마다 불만이 쌓이고, 당신은 짜증이 늘게 된다. 엄마의 역할을 다 벗어던지고 어디론가 여행이나 훌쩍 가고 싶다는 욕구가 치솟는다. 하지만 현실에서는 그러기 힘드니 더 욕구불만만 늘어난다.

　　남자보다 여자가 일에 있어 완벽주의적인 성향을 띤다는 연구 결과가 있다. 그런데 여자가 더 자신의 성과에 대해 야박하게 평가한다고 한다. 결과적으로 일은 여자가 더 잘하는데, 성취감은 덜한 것이다. 그러다 보니, 현실적으로 더 일을 떠안고 해내게 된다. 성취감을 더 달성하고자 말이다.

이제, 이 모든 일을 다 나 혼자 끌어안고 끙끙대지 말자. 그러다가 스트레스를 받고, 마음이 불안정해지고 부정적인 생각이 커지는 것이 더 안 좋다. 가사 일에서도 분담하는 것이 중요하다. 남편뿐 아니라 아이도 함께 나누어 할 수 있다. 가족에게 강요나 명령이 아닌 부드러운 말과 부탁으로 그리고 적절한 당근(칭찬, 보상)을 활용해서 가사 일을 분담해보자.

남편에게는 아주 구체적으로 이야기를 해줘야 한다. 기본적으로 가사는 자신의 일이 아니라는 생각을 가진 남편들이 많기 때문에, 뭉뚱그려서 말하면 다툼만 생기기 십상이다. 청소 구역을 남편과 아이들에게 나눠주어도 좋다. 아니면 요일별로 분리수거나 빨래, 청소담당을 정해도 괜찮다. 간혹 남편에게 주말 저녁을 책임지게 해도 된다. 남편은 귀찮아서 피자를 시켜먹자고 할 수도 있지만 어쨌든 그 사람이 알아서 하게 기회를 주는 것이 좋다. 집안일을 모두 목록으로 적어보고 적절히 분배하는 지혜가 필요하다. 이때 당신이 일방적으로 제안하지 말고, 의논하고 합의해야 한다. 그래야 남편 역시 집안일에 대한 주인의식을 조금씩 갖게 될 것이다.

엄마들의 기준이 대폭 낮아질 필요도 있다. 좀 더 싹싹하게 말하는 센스도 필요하다. 기억해보자. 신혼 초 남편이 아내를 돕고자 청소기라도 돌리려고 애를 쓴 적이 한 번도 없었단 말인가. 아마 있었을 거다. 그런데 그것이 지속되지 못하는 이유는 아내의 피드백 영향도 있다. 아내 기준에서 남편의 집안일은 언제나 미숙하고 엉망일 테니 말이다. 그럼 당신은 "청소를 한 거 맞아?"라고 말하거나, "설거지가 덜 돼서 미끌미끌해요."라고 잔소리를 했을 거다. 해도 욕을 먹고 안 해도 욕을 먹는 거라면 남편은 대부분 안 하고 욕먹는 걸 택한다. 그러니 남편에게 당신의 기준을 들이대지 말고 "많이 고맙다.", "크게 도움이 되었다."라고 말해주자. 아이에게도 마찬가지다. 도와준 일에 대해 구체적으로 고마움을 표현하고 그로 인해 엄마가 "기분이 좋다."고 말해주자.

때로 아내들 중에는 자신의 고유 자리, 이를 테면 주방 일 등에 대해 그 자리를 내어주면 자신이 아내로서, 엄마로서 할 일을 못하고 있다고 여기는 이도 있다. 그런 생각에서 좀 벗어났으면 한다. 당신이 바쁘면 남편이 주방을 맡을 수도 있고, 아이도 할 수 있다. 나 아니면 안 된다는 생각을 접었으면 한다. 가끔 남편이 저녁을 차리도록 해도 괜찮다. 물론 아이도 그렇다. 아이가 만든 김치볶음밥을 먹으며 행복한 평을 들려주면 아이도 기쁘지 않을까. 아니면 아이와 같이 요리하자. 엄마가 국을 끓이면 아이가 계란을 젓게 하자. 아이에게 공부만 하라고 하고, 너무 많은 영역에서 아이를 제외시키면 그 아이는 진짜 공부 말고는 아무것도 못하는 애가 될지도 모른다.

아이 양육에 대해서도 지혜를 발휘하자. 남편은 바쁘니 무관심해도 어쩔 수 없다고 생각하지 마라. 어느 아빠가 아이에게 관심이 없겠는가. 어떻게 해야 할지 몰라서 못하는 것이다. 어쩌면 당신이 역할을 주지 않기 때문에 그럴 수도 있다. 그러니 "우리 남편은 아이에게 관심이 없어요."라고 미리 걱정하지 마라. 요즘은 아빠들이 애 일에 더 관심이 많고 학부모회에도 적극적으로 찾아다니는 아빠도 늘고 있다. 이것도 당신만의 고유영역이라고 착각하지 말자. 남편을 어떻게 양육에 참여시킬지 많이 배우고 고민해보자.

남편이 아이와 놀아주기를 바란다면 남편에게 "애 좀 봐라."라고만 해서는 안 된다. 남편은 정말 누워서 TV 채널을 돌리면서 애를 '보고만' 있을 수도 있다. 그렇게 하는 남편에게 짜증을 내지 말고, 구체적으로 가르쳐주자. "여보, 민기하고 나가서 축구를 한 시간 하고 오는 게 어때?"라고 정확히 알려주어야 한다. 남편은 대개 아내만큼 아이를 어떻게 돌봐야 할지 잘 모른다. 그러니 당신이 가르쳐주는 것이 맞는 일이다. 이것도 내가 가르쳐야 하나 불평하지 말았으면 한다. 더 알기 때문에 알려주는 것이 뭐가 그리 나쁜 일인가. 당신 말을 잘 안 듣는 남편이라면 "전문가가 그렇게 하라고 했다."고 하거나 "상담을 받았는데 이게 꼭 필요하다."고 핑계를 대는 센스도 발휘해보자.

교육에 관해서는 서로 의견이 다를 수 있다. 많은 부부들이 이 문제로 다툰다. 하지만 한 농구팀에 감독이 둘이 아닌 것처럼 당신과 남편은 교육에 대해서 피터지게 싸우더라도 한 방향을 가져야만 한다. 일치된 의견을 가지고 아이들에게 적용해야 한다. 물론 세세한 것까지 일일이 맞출 수는 없다. 큰 방향에 대해서 충분히 합의하고 세세한 것은 역할을 나눠서 각자 전담해 책임지는 것이 좋은 방법일 수 있다. 아이가 없을 때 충분히 대화해보자. 특별하게 대화에 집중하기 위해 집이 아닌 커피숍에서 얘기를 해도 좋다.

너무 고집 센 남편이라면 그냥 그 의견을 존중해주고 일단 해보게 하라. 안 되면 본인 스스로가 고치고 깨닫겠지. 할 수 없다. 하지만 당신이 정중하고 부드러운 대화로 조율을 요청한다면, 남편이 응할 수도 있으므로 부탁을 해보자. 때로 아이들의 의견을 물을 수도 있다. 부부끼리는 의견이 엇갈릴 수는 있으나 교육에 관해서는 언제든지 충분히 의논하고 의견을 일치하자. 그러면서 남편에게 역할을 주어야 한다. 남편에게 동네 수학학원 중에서 어떤 학원이 좋을지 알아봐 달라고 할 수도 있다. 진학이나 진로에 관한 좋은 정보를 얻어오도록 할 수도 있을 것이다.

아이에게 아빠가 매우 중요한 사람임을 인식시켜주는 지혜도 필요하다. '아빠는 일만 하는 사람', '아빠는 돈만 벌어오는 기계'라는 인식이 있다면 가족 질서가 무너진다. 아이러니하게도 아내의 파워가 세고, 권위를 가질 때 남편은 겉돌기 시작한다. 그렇기 때문에 당신은 보이지 않는 숨은 권력자가 되어야 한다. 그러니 아이에게 아빠의 권위를 지켜주도록 하자. 예를 들면, 용돈을 반드시 아버지가 주는 걸로

한다든지 말이다. 당신이 무시하는 남편은 아이도 무시할 수 있다. 그러므로 남편을 존중하는 태도를 잊지 말자.

간혹 아내들이 아이들을 다루거나 훈육하기 힘들어지면 남편에게 혼내도록 하는 경우가 있다. 남편에게 주말에 몰아서 아이의 행적을 일러바치고, 애들을 어떻게 좀 해보라는 요구를 하기도 한다. 그렇게 되면, 남편은 빨리 문제를 해결하고 쉬기 위해서라도 아이를 지나치게 혼내게 된다. 이 경우, 원래 목적을 넘어 아이에게 지울 수 없는 상처까지 주는 일이 생긴다. 엄마로서 지혜를 발휘해야 한다. 당신의 능력에 넘치는 일이어서 남편에게 도움을 요청하는 것은 이해되지만, 그럴 때 아이가 얼마나 큰 배반감을 느끼고 상처 받는지는 생각해보지 않는다. 아이도 인격적인 존재임을 먼저 생각해봐야 한다. 그리고 어느 선까지 남편에게 도움을 요청할 것인지 분명히 해야 할 것이다.

니 편과
내 편의 경계

어쩜 부부가 니 편, 내 편을 나눠서 싸우는 건 당연할지
모른다. 결혼 전 이삼십 년을 함께했던 나의 집이었으니 말이다. 지금
의 나라는 사람, 나의 가치관, 문화, 습관, 성격 등이 내가 자라온 집
(친정)에서 비롯된 것이기 때문에 갑자기 나를 부인하는 일이 쉽지는
않을 것이다. 하지만 부부가 되는 순간 두 사람은 각자의 집을 떠나왔
고 새로운 집을 탄생시켰다. 그에 따라 마음도 몸도 독립되어야 한다.
그런데 결혼 후 심리적으로 독립되지 않아서 우리는 마치 세 가정이
얽혀 사는 느낌이 들 때가 있다. 얼마나 복잡하고 어려운 일인가. 둘
이 적응하기도 힘든데 다른 두 집까지 신경 써야 한다면 더 진이 빠질

것이다. 어쩜 이것이 결혼생활의 촉촉함을 더 빨리 메마르게 하고 갈라지게 만드는 것일 수 있다.

어쩌겠나. 나는 그래도 둘 중 더 예민하고 노련한 당신이 더 지혜로워야 한다고 말해야 할 것 같다. 엄마인 당신, 아내인 당신이 이 모든 것을 조율할 수 있는 능력자이며 지혜자라고 말하고 싶다.

먼저 서로를 긍휼히 여기자. 당신이 먼저 시댁을 긍휼히 여기면 남편도 친정을 긍휼히 여길 것이라 믿는다. 원래 내 집 사람에게 잘하면 그 사람이 예뻐 보이는 게 인지상정이니 말이다. 몇 년 전 사촌동생의 결혼식에 참석한 적이 있다. 그때 주례를 맡은 목사님이 결혼식 주례에서 한 번도 들어보지 않은 이야기를 했다. 보통 "검은 머리 파뿌리 되도록 살라."든지, "남편은 아내를 존중하고 사랑하고 아내도 그렇게 사랑하라."는 이야기가 주례의 레퍼토리다. 그런데 그 목사님은 "서로를 긍휼히 여기라."고 말했다. '긍휼이 여기다'는 말은 '서로를 불쌍히 여기다'는 말이다.

상담자의 입장에서 '불쌍히 여기다'는 말은 '더 깊이 이해한다'는 뜻으로 느껴진다. 결혼을 하게 되면 시댁이 우리 집과 사는 방식과 배경이 다르고 문화가 달라 이해할 수 없어서 불만이지 않던가. 그러다 보면 그런 짜증이 시나브로 쌓이게 되고, 임계치에 다다르면 소소한 어떤 것 하나에도 더 힘들어지는 것 같다. 마치 달리는 러닝 주자를 괴롭히는 작은 모래알처럼. 그러니 먼저 당신이 남편을, 남편을 둘러싼 환경, 남편이 자라면서 경험하고 느낀 모든 삶의 환경에서 불쌍히 여겨주기를 바란다. 그러려면 지금 느끼는 문화의 차이, 습관의 차이, 수준의 차이에 대해서 비난보다는 깊이 이해해야만 한다. 우리와 달리, 그것이 저 집에서는 큰 불안이 될 수 있고, 어떤 불안을 이기기 위해 만들어진 패턴일 수도 있다. 예컨대, 시어머니가 저리도 아들을 챙기면서 며느리를 경계하는 데에는 '시아버지와의 갈등에서 시어머니가 그럴 수밖에 없었겠구나' 하는 시각으로 보는 것이다. 나 큰 아들을 장가 보내놓고 밥을 굶길까 봐 아침마다 전화해서 아들에게 밥을 차려주었는지를 걱정하는 시어머니를 보고, 욕하기 전에 그렇게 작은 것도 염려하느라 평생 즐겁지 못했을 그 삶을 불쌍히 생각해보자.

두 번째, '경계'와 '함께'를 적절히 선을 긋는 지혜가 필요하다. 함께 해야 할 때는 할 수 있는 한 최선을 다해서 함께하는 것이 필요하다. 가족이 같이 모여 음식을 만드는 일, 가족이 다 같이 나들이를 가는 일, 가족의 크고 작은 행사 등에 할 수 있는 한 진정성 있게 애를 써보자. '너네 것'을 따지지 말고. 그 대신 경계를 지어야 할 때는 명확하게 짓는 것이 필요하다. 할 수 없는 것은 할 수 없다고 솔직한 것이 낫다. 괜히 척을 하다가 더 큰 스트레스와 힘겨운 상황을 불러오지 말고 말이다. 그러면 내가 그동안 성의 있게 한 다른 것도 덩달아 욕을 먹을 수 있다. 예를 들어 아이가 있는 맞벌이 부부에게 매주 시댁을 방문하는 것은 현실적으로 어려운 일이다. 그럴 때 당신은 한 달에 한 번 내려가는 것으로 성의를 보일 수 있다. 대신 매주 못 가는 마음을 전화 (문자) 등으로 인사를 드릴 수 있지 않을까. 또 다른 친척의 빚보증을 선다든지, 돈을 빌려 달라고 하는 금전적인 문제에서만큼은 분명하게 경계를 긋는 것이 맞는 거다. 가족끼리 서로 원망의 불씨를 남기고 깊은 골을 만드느니 차라리 분명히 거절하는 게 낫다.

참, 여기서 주의할 것은 경계를 분명히 하라고 해서 너무 당돌하고 고집스럽게 얘기하지 않는 태도다. 미안한 마음과 어려운 심정을 전달하는 대화가 필요하다. 당신 뜻대로 남편이 움직여 주지 않고, 반응하지 않을 수 있음을 기억하자. 남편은 당신과 결혼했지만 당신을 만나기 훨씬 오래전부터 시댁과 함께 생활해왔기 때문에, 원 가족을 매몰차게 끊거나 할 수 없다. 남편이 나서야 한다면 두 사람이 충분히 의견을 교환하고 당신과 남편이 합의한 의견을 전달하게 하는 것도 좋은 방법이다.

친정과는 더 경계를 분명히 해야 한다. 너무 익숙한 홈그라운드이기 때문에 더 의지적으로 경계를 짓는 연습이 필요하다. 그렇지 않으면 친정이 당신의 가정과 엉겨 살게 될 수도 있고, 남편에게 고립감을 줄 수도 있다. 남편은 시댁과 친정에 대하는 태도가 너무 다르다고 생각하면서 화를 낼지도 모른다. 그런 그를 이해하지 못하고 당신은 또 "왜 가족들과 잘 어울리지 않느냐."며 "우리 집이 그리 불편하냐."는 대응을 한다면 싸움만 키울 뿐이다.

시댁과 친정이 잘 지내기 위한 세 번째는 어른들의 지혜를 구하라는 것이다. 당신이 똑 소리 나고, 무엇이든 알아서 잘하는 것을 안다. 하지만 그래도 시댁과 친정에서 잘 지내려면 어른들의 지혜를 구하며 배우는 태도를 보이는 것이 좋다. 당신이 겸손하게 시어머니에게 자주 묻고 배우려 할 때, 또 아이 양육에 대해 친정 엄마에게 물어보려고 할 때 그분들은 그동안 살아온 자기 삶이 존중 받는 느낌이 든다. 무엇보다 상대방이 나를 중요하게 여긴다는 느낌을 주어 자존감이 올라간다.

삶의 지혜를 배우면서 칭찬의 말을 하나 덧붙여보자. 우리는 '칭찬은 고래도 춤추게 한다'는 걸 잘 알면서도 너무 간단한 이 한 가지를 잘 쓰지 않는다. 만일 부모님이나 시댁 부모님이 칭찬에 박하다면 어쩌면 그분들이 살아오면서 칭찬을 잘 들어보지 못해서일 수도 있다. 당신이 진심을 담아 칭찬을 해드릴 때 그분들의 어깨가 들썩대면서 더 당신을 귀하게 여기지 않겠는가.

마지막으로 공평하게 대하는 것이다. 서로 불만과 원망이 없도록 '공평함'에 신경을 쓰고, 남편과 함께 아이디어를 모으는 것이 필요하다. 나 혼자 생각하고 '시댁에 용돈은 얼마 드리고, 친정에게는 얼마 드리고' 등을 정하지 마라. 남편과 의논하자. 남편과 합의된 일을 지속적으로 양가 모두에게 공평성 있게 해드리는 것이 필요하다. 용돈, 선물, 방문, 전화 등을 똑같이 비슷하게 해나가야 한다. 이때 서로의 배우자가 상대의 집에 잘하는 것이 더 좋은 것 같다. 남편이 장인어른에게 전화를 드리고, 며느리가 시아버지에게 전화를 드리면 어떨까.

엄마,
인생의 주연 자리를 되찾자

– 계속되는 생, 빛나는 존재감을 찾기 위한 액션 플랜 –

불안과 우울한 감정이 휘몰아친다고 해서,
내 삶이 다 부정적으로 바뀌는 것은 아니다.
항상 행복할 수 없는 것처럼, 항상 불안하지도 않다.
중요한 것은 삶의 균형을 잘 잡고,
하루하루 나만의 의미를 만들어가는 것이다.

엄마라고 해서 언제나 가족을 위한 조연 역할만 하는 것은 아니다.
엄마의 인생에서 늘 주인공임을 잊지 말자.
그리고 빛나는 존재감을 찾기 위해 한 걸음 더 나아가 보자.
파도가 지나간 뒤에도 생은 계속되니까 말이다.

불안도
내 삶을 위해 이용하자

　　우리는 앞에서 말한 여러 사례와 이야기들을 통해 엄마를 괴롭히는 불안의 실체를 살펴보았다. 아이와의 충돌 그리고 조정, 강압과 권유, 잔소리… 그것 뒤에는 엄마 당신의 불안을 이겨내고 싶은 몸부림이 있음을 안다. 남편에 대한 실망과 좌절, 말다툼과 갈등… 그것 뒤에도 아내 당신의 불안을 이기고 싶은 나름의 애씀이 있다는 걸 안다. 친정 엄마 아빠에게 그리고 시댁에게 수없이 마음이 상하고, 또 큰소리 한 번 제대로 내지 못하며 한숨을 쉬는 모습 뒤에도 당신만의 불안이 존재한다. 내 삶은 어떻게 되는 걸까, 외로운 게 싫고 내 맘을 알아주는 이가 하나도 없다는 여자 당신의 불안 역시 힘겨움을 아주 잘 안다.

불안이라는 것은 염려와 걱정을 바탕으로 확장된다. 그리고 그렇게 확장된 불안은 두려움을 동반하고, 스트레스가 될 뿐 아니라 지속되면 우울증이 될 수 있다. 또 불안은 당신의 과거 기억과 상처에도 기반을 둔다. '자라 보고 놀란 가슴, 솥뚜껑에도 놀라는 것'처럼 당신은 소중한 무엇인가를 지키고 싶고, 예전처럼 잃어버리고 싶지 않고, 상처받고 싶지 않고 좌절하고 싶지 않은 이유 그 한 가지 때문에 불안은 더 강하게 올라온다. 때로 당신은 그 불안을 인식할 수도 있고, 인식하지 못할 수도 있다. 불안은 당신의 생각 속에, 성격 속에, 습관 속에 녹아들어서 삶의 패턴을 형성한다. 그 패턴은 그동안 당신을 지켜온 고마운 방패였다. 하지만 그 방패 때문에 당신은 발목이 잡히기도 하는 것이다. 그 방패는 당신을 가둘 뿐 아니라 자신에게도, 다른 사람에게도 상처를 줄 수도 있다. 불안에 대한 당신의 패턴은 살면서 연속적으로 나타난다. 내 자식에게만큼은 공부 못했던 나의 모습처럼 만들지 않기 위해서 아이를 닦달했는데, 그 아이가 나를 마녀로 보는 괴로움, 남편이 나를 이상한 사람으로 취급해 또다시 이해 받지 못하는 나, 사람들이 무시하는 나의 모습을 더 이상 반복하지 말아야 한다.

이제 불안의 연쇄 사슬을 다르게 바꿔 보자. 불안을 통제하려고 애쓰는 당신의 노력이 나쁜 것은 아니다. 그동안 불안을 이기기 위해 당신이 반복적으로 생성해온 패턴 역시 나쁜 것이 아니다. 당신이 만든 방어패턴은 이제까지 당신을 보호하는 데 도움이 되기도 했다. 다만 여름에는 여름의 옷을, 겨울에는 겨울의 옷을 입어야 하는 것뿐이다. 당신은 몸이 아파서 두꺼운 겨울 외투를 입었을 뿐인데 그게 한여름 옷으로는 맞지 않아서 더 눈에 띄게 되는 역효과를 가져왔고, 당신이 자연스럽지 못하게 보이는 효과를 가져왔을 뿐이다. 그러니 한여름에 맞는 옷으로 갈아입으면 된다.

당신 속에 있는 무시 받은 감정, 위로 받지 못한 감정. 그 감정에 집중하며 따뜻하게 위로해주자. 그동안 얼마나 숨도 쉬지 못하고 살았는지 애써온 당신에 대해서 "버티느라 잘했다."라고 해줄 차례다. 무엇이든 통제하려고 하고, 그래야만 된다고 믿는 태도를 그만 멈추자. 이제까지 불안을 이기기 위해 만들었던 방어패턴에게 고마워하자. "너무 애썼어.", "너 때문에 그래도 내가 숨을 쉴 수 있었어.", "네 덕분이야." 하고 보듬어주자. 그런 다음 새로운 다른 패턴을 연습할 수 있는 여유를 가지는 것이다. 한여름에 맞는 다른 패션을 즐길 준비를 해야 한다.

이제 다른 방식에 대해 마음을 열어볼 차례다. 남편을 바꾸기 위해서 수없이 잔소리를 하는 대신, 남편에게 더 다가서는 것으로 마음을 열어보는 것이다. '뭔가 애교를 부리면 안 하던 행동이라서 남편이 더 이상하게 보지 않을까' 같은 걱정은 하지 말고 말이다. 처음에는 서로 어색하게 볼 수 있으나 당신이 진정 즐기면서 표현한다면 그 또한 아름다움이 될 수 있다. 그 따뜻한 말 한마디가 남편을 더 쉽게 변하게 한다. 당신의 '잔소리' 패턴은 필요할 때 다시 꺼내 쓰면 되는 일이다. 매번 그 카드만 꺼내 쓰니까 이제는 먹히지 않는 것이다. 여러 카드를 가지고 있다가 적절히 다르게 사용한다면 더 이길 확률이 높지 않겠는가.

불안이란 계속해서 피어나는 매캐한 냄새, 연기와 같다. '이유는 모르겠는데 뭔가 생길 것 같은 막연함'이다. 그 연기 구멍을 정확하게 찾아서 채워주어야 한다. 구멍을 채우는 방법은 부족한 것을 채우려는 완전한 기준이 아니어도 된다. 단지 생각을 조금만 틀어서 다른 곳을 보기만 해도 연기를 줄일 수 있다. 그 생각을 바꾸기 위해 말부터 바꿔봐도 좋다. "절대 안 돼!"가 아니라 "아닐 수도 있지."라고 말하는 것이다. "우리 남편은 절대 바람을 피우면 안 돼. 내가 그렇게 만들 거야!"가 아니라 "우리 남편이 바람을 피울 수는 있어. 그런 일이 내게 일어나지 않도록 나는 최선을 다 할 뿐이야."가 더 낫다는 말이다.

생각의 기준을 낮추는 것도 한 방법이다. '공부를 못하면 놀림 받는다'는 불안을 채우기 위해 꼭 1등을 해야 하고, 쉬지 않고 공부해야만 불안이 잦아드는 게 아니다. 당신이 1등을 했어도, 시험을 치는 한 달간 절대 놀지도 않고 24시간 집중해서 책상에 앉아 공부를 한다해도 당신은 그 불안을 이기지 못할 것이다. 왜냐하면 처음의 불안을 당신이 계속 크게 만들 것이기 때문이다. 당신은 하나의 신념 곧 '공부를 완벽하게 하지 못하면 나는 바보다'라는 신념을 만들었을 거고, 그 신념 때문에 24시간 쉬지 않고 공부했어도 공부 자체를 완벽하게 했다고 평가하지 못한다. 그런 당신이 불안해지는 것은 당연한 것이 아닌가.

당신 속에 있는 또 다른 나에 대한 모습을 수용하는 것도 방법이다. 예컨대, 당신은 공부를 잘해야만 한다는 바람은 보았으나 쉬고, 놀고 싶다는 욕구도 강렬하다는 것을 보지 못했다. 마치 당신이 스스로 무엇이든 다 통제할 수 있는 '신'이라고 생각하고 있는 것이다. 처음부터 당신 안에 쉼의 욕구, 여가에 대한 욕구, 더 맛있는 걸 먹고 싶은 욕구가 없다면 당신은 24시간 공부할 수 있다. 그런데 당신은 그럴 수 없는 존재다. 적당히 쉬어야 하고, 적당히 먹어야 하고 또 적절히 놀기도 해야 한다. 왜 공부하려는 당신은 수용하면서, 놀려는 당신에 대해서는 거부하는가? 그런 모습은 언제까지 한심한 당신이라고 비난만 할 것인가? 때로는 놀면서 부담감을 이겼고, 스트레스를 푸는 데 도움을 받았다는 걸 떠올리자. 나의 다른 욕구도 충분히 필요한 것임을 인정하자. 더 이상 놀 때도 공부 걱정을 하고, 심지어 공부를 하면서도 걱정하며 반복적인 죄책감에 시달리지 말자. 그로 인해 부정적이고, 우울한 나를 만들지 말고 말이다. 무엇을 하든 그 한 가지를 충분히 즐기고 누리라.

불안을 이기기 위해 긍정적인 마음(말)이 크게 도움이 된다. 만약 이번 겨울을 지날 준비가 부족하여 장독에 장이 조금밖에 남지 않았다고 치자. 긍정적인 마음은 '어머 장독에 장이 삼분의 일이나 남아 있네!'이고, 부정적인 마음은 '어머 장독에 장이 삼분의 일밖에 없네!'이다. 이 말에 문장의 큰 차이는 나지 않는다. 다만 밑줄 친 두 단어에서 큰 차이가 난다. 만약 당신이 부정적인 생각을 한다면 불안은 급속으로 차오를 것이고, 그 대가를 치를 누군가를 찾아야 한다. 자신을 원망하든지, 남편 탓을 하든지, 누군가를 욕할 수도 있다. 대신 당신이 긍정적인 말을 하는 순간, 여유가 생기고 상황에 대해 좀 더 밝은 태도로 대처할 수 있는 능력을 갖게 되는 것이다.

감사 역시 도움이 된다. 사람들은 감사에 대한 큰 기대를 가지고 있다. 남편이 승진하거나 우리 아들이 수시로 일류대학을 붙어야만 감사해한다. 그런데 살면서 그런 일은 정말 한두 번 있을까 말까 한 일이다. 매번 있을 수 있는 일이 아니란 말이다. 일어나기 힘든 그 일에만 초점을 두느라 당신은 정말 소중한 것들을 잃을 수도 있다. 큰 감사할 거리가 생겨서 불안을 한 번에 채울 때까지 아무것도 하지 않겠다는 말과 똑같다.

불만을 말하고, 비판만 말한다면 당신의 불안은 더 커질 수밖에 없다. 당신 뇌 속에서 그 말을 만들고 생각하면서부터 불안을 불러오기 때문이다. 그러니 감사할 거리를 더 많이 말해서 불안이 스멀스멀 올라오는 것을 차단하자. 이따금 밉지만 여전히 당신 옆에서 함께 있어주고 당신의 두려움을 이기게 해주는 남편에 대해, 공부는 못하지만 밝은 미소로 웃으며 나를 봐주는 아이에 대해, 쉼 없이 나를 힘들게 하는 시댁이지만 나를 오기로 똘똘 뭉쳐 힘을 길러 준 것에 대해 감사해보자.

불안을 키웠던 처음의 염려, 근심, 걱정이 과연 가능한 일인지를 현실적으로 분석해보는 것도 도움이 된다. 한 사람의 기억에 떠오르는 생각은 하루에 수십만 가지라고 한다. 그중에 현실에서 써먹을 만한 진짜 엣센스는 몇 %도 되지 않는다. 더 많은 생각은 욕심이고, 또 더 많은 생각은 부끄러움과 염려다. 당신이 생각하는 불안은 처음에 작은 염려와 근심, 잔걱정이었을 거다. 그것에 힘을 실어 둘 필요는 없다. 그런 일이 실제로 생길 확률은 거의 없을 테니 말이다.

혹시 불안해지더라도 당신이 이미 호락호락한 사람이 아니다. 당신은 어릴 적 힘없고, 약한 아이가 더 이상 아니란 말이다. 당신과 가족이 힘을 합쳐 이겨낼 수 있는 일이다. 그러므로 불안 앞에서 아무것도 못할 것 같은 나에 대한 값싼 동정은 사절하자. 녹녹치 않은 삶을 살아온 당신은 이것을 '충분히 이길 수 있음'을 믿어보라. 당신과 함께 숨을 쉬고 있는 가족을 믿어보라.

불안에 매여서 불안을 해결하려고 버둥거리면 불안은 크게 보이지만, 멀리 떨어져서 관망하면 더 작게 보인다. 비행기에서 내려다보는 서울은 63빌딩이나, 단층 건물이나 별다른 것 없이 다 같은 레고 블록처럼 보인다. 인생에서 당신에게 있는 불안을 좀 더 멀리서 보자. 잠시 숨을 고르는 것이다. 그리고 당신에게 있는 것과 없는 것, 할 수 있는 것과 없는 것을 구분해보자. 할 수 있는 건 애를 쓰더라도, 그 이상은 할 수 없는 일이다. 상처 받지 말고 당신의 몫이 아닌 걸로 정리하자.

마지막으로 당신은 여전히 신이 아님을 다시 강조하고 싶다. 당신은 그 모든 것을 통제할 수 없다. 삶의 더 많은 부분은 우리 힘으로 안 되는 부분이 많으며, 이해되지 않는 것이 많다. 복잡성과 불확실성이 가득한 세상에서 사고가 안 나고 무사히 살고 있는 것 자체가 은혜다. 그러므로 당신이 삶의 많은 부분을 절대자에게 맡기는 태도, 즉 '내려놓음'이 필요하다. 내려놓음은 아무것도 하지 않고 혼자 앉아서 감이 떨어질 때까지 가만히 있는 것이 아니다. 최선을 다해서 먹을 수 있으면 좋고, 혹시 그럼에도 먹을 수 없다면 '그럴 수 있겠지'라고 받아들이는 태도다. 내가 애를 써서 무엇인가를 다 해결하려는 태도가 아니라 절대자에게 맡기는 자세다. 마치 세 살 박이 아이가 칼로 사과를 깎겠다고 버둥대는 것이 아니라, 엄마에게 칼과 사과를 맡기고 깎아주기를 기대하는 것처럼.

불안으로 당신의 삶이 더 이상 어둡게 물들지 않았으면 좋겠다. 당신이 정말 더 자유로워졌으면 좋겠다.

인생의 기쁨자리는 스스로 만들어야 한다

    당신은 여자다. 당신은 엄마다. 당신은 아내다. 당신은 며느리다. 당신은 딸이다. 이 모든 것을 완벽하게 해내려고 수고한 당신에게 고맙다는 말을 하고 싶다. 당신이 있어서 그래도 이 땅의 아들, 딸들이 내일을 살 수 있는 힘을 얻고, 남편이 든든함을 느끼며 오늘을 살 수 있다. 부모님이 당신으로 인해 더 많이 웃을 수 있다. 당신은 참 중요하다. 과거와 현재, 미래를 연결하는 주요 통로가 되며 동시에 다음 세대를 연결하는 기둥이자 다리다. 당신은 한 명의 여자일지 모르나 당신은 당신 혼자의 몸이 아니다. 당신은 아름드리 큰 나무이며 당신에게서 많은 열매가 생성된다. 당신에게서 쉼과 힘을 얻고,

또 그들이 다음 열매를 맺게 될 수 있다. 당신이야말로 아낌없이 주는 나무다.

그러니 당신의 건강은 당신 것만이 아니다. 당신이 아프면 남편에게, 아이에게, 시댁과 친정에게 영향을 미친다. 당신의 정신건강뿐 아니라 육체적 건강을 지키는 데 애를 써야 한다. 좋은 것 있으면 남편을 먹이는 데만 신경 쓰지 말자. 당신부터 챙기자. 남편에게 녹즙을 해준다면 당신도 반드시 먹어라. 아이들에게 종합비타민을 챙긴다면 당신도 먹어라. 왜 아이들과 남편을 챙기면서 당신은 빠지는가? 아이들은 "자꾸 고기 더 먹어라."라고 챙겨주는 것을 기뻐하지 않는다. 잔소리밖에 안 여긴다. 그 대신 당신에게 묻자. "나는 고기와 야채를 골고루 잘 챙겨 먹고 있나?" 당신이 스스로를 소중하게 대하기가 왠지 민망하다 싶으면 당신만을 위해서가 아니라고 생각하자. 당신과 연결되어 있고 큰 영향을 받을 다른 가족을 위해서라도 당신의 건강을 챙겨야 한다.

가정의 수입 중에서 순전히 당신을 위해서 쓰는 돈이 얼마인지 생각해본 적이 있을까? 지금 당장 펜을 꺼내서 당신을 위해서 투자하고 쓰는 돈이 얼마인지 적어보자. 아마 꽤 작은 돈일 것이다. 어쩜 없을 수도 있다. 안다. 당신에게 돈을 쓰면 남편과 아이들이 쓸 돈이 얼마 없다는 걸. 그래도 여기까지 당신은 꽤 많이 양보했다. 이제부터는 적어도 나를 위해 쓰는 돈을 정해보자.

당신은 쓰란다고 또 맘 놓고 펑펑 쓸 여자가 아닌 걸 안다. 그러니 나를 위해 어느 정도 돈을 쓰는 투자를 정해도 괜찮다. 남편과 아이들에게 주는 용돈을 당신에게도 주란 말이다. 일주일에 만 원도 좋고, 오만 원, 십만 원도 좋다. 그 돈을 모아놓았다가 아들 녀석 피시방 값으로 내주지 말고, 반드시 당신만을 위해서 써보자. 친구와 기차 티켓을 끊어서 하루 나들이를 갔다 와도 좋고, 느긋이 카페에 앉아 차를 마시며 인생의 즐거움을 음미하는 시간을 가져 보는 것도 좋다. 그것은 결국 당신에게 투자하는 것 같지만 가족을 위해서 투자하는 일이기도 하다. 앞서도 계속해서 얘기했지만 엄마가 안정되어야 가족 분위기도 그에 따라간다. 아내가 행복해야 남편도 기분이 좋아진다. 이제부터 계획을 세워서 한 달에 한 번이라도 나를 위한 시간과 투자를 누려 보자.

오늘 차를 몰고 운전하는 길에 라디오에서 한 사연을 들었다. 대학시절 하루도 빼놓지 않고 붙어 다니던 친구가 시집을 가고, 자기도 시집을 갔는데, 결혼 후 서로의 삶에 바빠 연락이 뜸해지고 서로를 챙기는 시간도 줄었다는 사연이었다. 둘이서 같이 즐겨 듣던 음악이 들릴 때마다 일 년에 한두 번 그 친구에게 연락을 했는데, 어느 날 그 친구가 더 이상 연락이 되지 않았노라고. 그 다음 연락으로는 친구의 아들이 대신 받았는데, 그 친구가 불치병으로 이미 세상을 떠났다고 전해주었단다.

당신에게도 친구가 있고, 그 친구는 소중하지 않았는가. 가족과 나누지 못할 수많은 수다와 비밀을 공유하며 함께 위로가 되었던 친구와의 추억, 그리고 지금부터 새로 만드는 추억들을 할 수 있는 한 많이 누렸으면 좋겠다.

당신은 어떤 책을 보고 흥분했을까? 당신은 무슨 음악에 감동을 받아 눈물을 흘렸을까? 당신은 어떤 가수들에게 열광하고, 어떤 콘서트에 가서 신 나게 목청이 터지도록 노래를 불렀을까? 열정적인 배우의 대사를 읊조리며, 가슴 뭉클했던 연극 장면에 폭 빠져 있던 당신은 어디로 갔는가? 문화에 배불러서 버스를 갈아탈 기회를 놓친 채 다른 방향으로 가는지도 몰랐던 당신은 어디에 있을까? 그 당신은 어디에도 가지 않고 여기 이 자리에 있다는 걸 기억하자.

당신은 지금 기쁨을 누리고 있는가? 그러지 못하는 수많은 이유가 있다고 해도, 단 한 가지 이유 '인생의 기쁨을 스스로 찾아 만끽하기 위해서' 이제부터는 해보자. 이제 하나씩 시도하는 계획을 세웠으면 좋겠다. 몇 개월 모아서 남편 몰래 콘서트에 가서 목청껏 함성을 외치고 오는 것도 좋다. 이런 작은 시도가 당신을 새로운 행복감을 전해준다면, 그래서 당신이 스트레스를 해소하고 가족을 새롭게 바라볼 수 있다면, 짜증과 화를 안 내는 엄마와 아내가 될 수 있다면 충분히 투자 가치가 있다.

당신은 엄마다. 당신은 아내다. 당신은 딸이요, 며느리다. 그런데 누군가는 이 이름을 다 갖지 못할 수도 있다. 아무리 애를 써도 엄마가 되지 못하는 사람들이 내 주변에는 많다. 누군가의 아내가 되지 않은 사람이 많다. 좋은 딸이 되고 싶어도 이제 더 이상 딸이 아닐 수가 있다. 부모님이 돌아가시면 원치 않아도 그렇게 된다. "사랑합니다."라고 말하고 싶어도 그렇게 말할 부모가 없을 수 있다. 맞다. 당신은 이런 이름을 누리는 위치에 있다. 누릴 수 있을 때 누리자. 그 이름을 더 잘 누리고 기쁨으로 풍성하게 살기 위해서 당신이 먼저 삶의 아름다움을 찾아내어야 한다.

당신에게 가장 영광스러운 이름은 무엇인가? 친구들에게 물으니 그들은 아내라는 이름은 그렇게 영광스러운지 모르겠으나, 엄마라는 이름은 영광스럽단다. 뭉클해진단다. 다른 누구도 아니요, 당신은 엄마이기에, 아이를 위해서 무엇이든 할 수 있는 엄마이기에 행복해야 한다. 엄마가 행복해야 아이가 행복해다는 말은 진리다. 당신을 위해서만이 아니라 당신에게 속한 모든 가족을 위해서 당신이 행복했으면 좋겠다.

그리고 당당하고 자신감이 충만한 여자로 살았으면 좋겠다. 아이들도 그런 엄마를 원한다. 남편들도 그런 아내를 원한다. 부모님도 그런 딸을 원한다. 그러니 절대 약하고 초라하고, 비참하고 한심하고 그런 태도로 당신을 대하지 말았으면 한다. 당신은 이미 어려움을 잘 참

고 버텨온 꽤 괜찮은 사람이다. 그래. 참 괜찮은 사람이다. 당신은 빛
나는 진주요, 다이아몬드다.

무엇을 하든
지금이 딱 좋은 시기

거리에 지나가는 젊은 애들을 보면서 '참 예쁘다'는 생각을 해본 적이 있는가? 그와 동시에 나는 외모가 추레하거나 이미 나이가 들었다고 문득 생각하기도 한다. 아마 모두가 공감하는 한 가지는 '나에게 그 젊음이 있다면 뭐든 하겠다!'일 것이다. 그런데 우리는 또 한 가지를 공감한다. 만약 우리에게 철없던 시절, 지혜도 모자라고 삶의 노련함도 없는 풋풋한 시절로 간다면…. 어둠의 긴 터널을 통과하여 평안을 누리고 있는 지금을 놓고 다시 가라고 한다면…. 삶을 이겨낸 노하우와 경륜, 깊은 통찰과 깨달음을 모두 놓고 가라면…. 고통스럽고 갈등이 팽배했던 과거 그 시절을 또 겪어야 한다면…. 모두 고개를 저을 것이라는 생각 말이다.

우리에게 인생을 다시 시작할 만한 젊음은 없으나 우리에게 삶을 이겨왔던 지혜와 내공은 있다. 그러니 무언가를 시작하기에 늦은 것은 없지 않을까. 젊음의 풋풋함은 좋으나 다시 삶을 헤매고, 실수하고 한심한 나의 모습을 반복하는 것은 아무래도 싫으니 말이다. 또 이제 어느 정도 갖고 있는 지혜와 내공은 값을 주고도 살 수 없는 귀한 것이기에 그 경륜과 경험으로 삶을 새롭게 시작하는 쪽이 더 수월하지 않을까.

젊은 날 당신은 무엇을 꿈꾸었을까? 무엇을 해보고 싶었을까? 어떤 것들이 당신의 마음을 설레게 했었나? 현실 속에서 살아오면서도 계속 마음 한 자리를 내주었던 이상적인 바람과 소망, 그런 것들은 무엇이었나? 가족 일로 잊어버린 당신의 꿈을 시작하기에 너무 늦은 시간은 없다. 어차피 우리는 한참 젊음의 피크를 찍은 그 순간부터 지금까지 계속 늙어지는 거고, 앞으로도 늙고 있다. 더 늙은 날, 몇 년 전의 사진을 보면 그때가 비록 스무 살의 젊음은 아니라 할지라도 지금보다는 젊었음을 우리는 보고 있지 않은가. 그때의 얼굴은 지금보다 주름이 덜하다 생각하고, 1년 차이인데 큰 차이가 난다고 느끼지 않은가. 그러니 <u>우리는 어차피 매일 늙어지는 거라면 지금 하는 것이 늦지 않는 시기가 맞을 것이다.</u> 지금 하지 못한 시작은 내년에 시작하면 또 그만큼 나이 든 다음에 시작하는 것이니까 말이다.

나도 젊은 날에는 어른들이 "젊다는 것 하나만으로도 예쁘다."고 했던 말을 믿지 않았다. 지금은 그 말이 무슨 말인지 너무 잘 알 것 같다. 나는 매일 군에서 젊은 병사들을 만난다. 주 1회씩 대학에서 젊은 제자들을 만난다. 그리고 그들을 보는 것 자체가 참 즐거운 일이다. 그들이 매우 예쁘고 멋있다. 뚱뚱하고, 우락부락하고, 키가 작은 각자의 특징들은 나이 든 내 눈에는 잘 보이질 않는다. 그서 마냥 싱그러운 그들이 예쁘고 멋있다. 그들이 까르르 웃으며 장난을 치는 것도 좋고, 말똥 같은 눈물을 뚝뚝 흘려도 예쁘다. 젊을 때 나는 미니스커트를 입어보지 못했다. 몸매가 통통하고 허벅지가 굵어서 내가 그런 옷을 입으면 예쁘지 않다고 생각했으니까. 그런데 그 미니스커트를 지금 입는다면 더 어울리지 않는다는 걸 안다. 내 안에는 그 옷을 입어보고 싶다는 욕구가 있었는데도 말이다. 그때 내 안의 욕구를, 해보고 싶었던 것을, 솔직하게 인정하고 자신 있게 시도해보는 것이 더 좋지 않았을까란 생각을 문득 해본다.

그러니 나이가 더 들어서 후회하지 말고 한 살이라도 젊을 때 하고 싶은 것을 해보는 게 좋은 것 같다. 60세의 어머니들은 우리를 아직 젊다고 볼 것이고, 또 무엇이든 예쁘다고 볼 테니까 말이다. 70세의 할머니들은 50세의 며느리가 '참 좋을 때'라고 하지 않을까? 90세의 노인에게도 70세의 딸은 여전히 '애'니 말이다.

공부를 하고 싶다고 해도 늦지 않았다. 예전과 달리, 지금은 여러 방식으로 공부를 할 수가 있다. 학점은행제를 이용할 수 있고, 방통대나 사이버대학에서 인터넷 강의를 듣는 방법도 있다. 전문대의 야간 강좌를 들을 수도 있다. 일하느라 미처 학교를 마치지 못한 이들을 위한 중학교, 고등학교도 많이 마련되어 있다. 나는 밤늦은 시간에 나이 든 중년 대학생들이 그들보다 어린 선생님에게 강의를 들으며 열심히 질문하는 모습을 보면서 '아름답다'는 생각을 했다. 당신 혼자만 이런 고민을 하는 것이 아니다. 이미 시도하고 있고 자기를 찾으며 늦은 나이라도 무엇인가 제 2의 삶을 살겠다고 노력하는 학생들이 이미 많다. 그러니 "나이 들어서 무얼…." 하지 말고, 방법을 찾아서 구체화 시켜 보라. 젊은 학생들보다 세부적인 암기력은 떨어지고, 정보력 등이 많이 따라주지 못하지만, 이해하고 통찰하는 것, 응용하는 능력은 뛰어나다. 원래 나이가 들수록 지식 머리는 떨어지지만 지혜의 머리는 올라가는 법이다.

노래, 연극, 사회봉사, 댄스, 무엇이든 가능하다. 문화센터나 시군구에서 운영하는 문화교실 등을 찾아가 봐도 좋을 것이다. 인터넷에 능하다면 교습소나 동아리를 직접 검색해볼 수도 있다.

우리 엄마는 늦은 나이에 하모니카를 부는 걸 좋아하신다. 교회에서 정기적으로 공연도 하고, 교도소 위로 공연이나 더 나이 든 노인들을 위한 연주회도 참여하신다. 엄마는 어릴 적부터 사느라 바빠서 음악과는 거리가 먼 사람이었다. 악보를 보는 것도 어렵고 리듬감이나 박자감도 없으시다. 하지만 열정과 끈기가 가장 큰 무기가 된 것인지, 엄마는 몇 년 동안 교회에서 지도도 받고, 문화센터에서 관련 강좌를 수강하면서 하모니카를 배우셨다. 이제는 자유롭게 곡을 연주하시고 꽤 많은 곡을 악보 없이 연주하신다.

엄마의 친구 분 중에서도 어떤 어르신은 장구를 배워서 공연도 하고, 다른 사람들을 가르치기도 하신다. 중년의 나이를 지나 노인늘노 이렇게 자신의 삶을 가꾸는데 좀 더 젊은 우리도 가능하지 않을까? 나는 현재 너무 바빠서 시간이 없지만 나중에 기회가 된다면 키보드를 치는 걸 배우고 싶다. 라틴댄스 아니면 플라멩코 같은 춤도 배우고 싶다. 또 젊은 날에 연극배우에 대한 동경이 있었고, 몇 번 연극을 해 본 경험이 있으니, 언젠가는 연극도 해보고 싶다. 배우로서 제대로 해 본 적이 없어서 직업인은 아니더라도 취미로라도 연극 공연에 참여하고 연습하고 싶다.

꿈에 대한 도전이 아니라 삶에 대한 도전인 사람들에게도 마찬가지다. 새로운 적응과 변화를 두려워하기보다는 기대하는 마음으로 살아가자. 어쩌면 지금 그들에게는 공부나 취미활동에 대한 관심은 사치가 될 수도 있을 것이다. 당장 오늘 하루 먹고 살 것을 고민해야 하거나, 지금 안전한 상황이 아니라서 안전부터 염려해야 할 경우라면 충분히 그럴 것이다. 하지만, 그럼에도 나는 당신의 마음에 있는 그 염원을 아예 없애려 노력하지는 않았으면 좋겠다. 각박하고 점점 매정하게 느껴지는 우리의 삶과 사회지만, 일말의 온기는 필요한 법이다. 그 온기가 당신을 더 밝은 곳으로 가고 싶게 만들고, 당신을 더 긍정적인 마음가짐으로 만들게 한다는 것을 기억했으면 한다.

혹, 이혼을 통해 제 2의 삶을 살고 싶은 당신, 폭력 가정에서 벗어나려고 애쓰는 당신을 지지하고 응원한다. 누구보다 절박한 상황에서 당신은 어쩌면 여전히 죄책감을 느끼고, 두려움을 느끼고, 무기력을 느낄 수도 있을 것이다. 당신이 지금 그렇게 선택하는 것이 옳은 것일까 하고 수없이 생각하고 괴로워하며 매일매일을 견디고 있을지 모른다.

그런 엄마들에게 이렇게 말해주고 싶다. 당신의 결정이 옳다. 이혼을 한다면 그럴 만한 이유가 있는 것이고, 당신이 더 상처받을 수 없는 한계에 다다랐기 때문일 것이다. 폭력은 무조건 벗어나야 한다. 당신만이 아닌 당신의 자녀를 위해서라도 말이다. 당신은 더 많이 고민했을 거고, 아팠을 거다. 그러니 당신의 선택에 대해서 아무도 비난할 자격이 없다.

나는 당신의 새로운 출발과 도전을 지지하고 격려하고 싶다. 당신의 새로운 시작을 축복하고 싶다. 지금이 좋은 시기다. 더 늦는다면 당신은 지금 그 환경에 눌러 앉게 될지도 모른다. 새로운 출발을 위한 도움도 주저하지 말고 받기를 권하고 싶다(건강가정지원센터, 종합사회복지관, 가정폭력센터 등에서 제공하는 다양한 서비스를 활용해도 좋다. 한부모 가정이나 모자가정을 돕기 위한 다양한 시설 정보를 살펴보자. 폭력 남편으로부터 벗어나 자립하도록 돕는 기관도 있으므로 스마트폰이나 인터넷을 통해 검색해보기를 바란다.). 당신의 깊은 상처와 아픔을 치료하고 새로운 힘을 받아서 어제보다는 더 나은 삶이 되었으면 좋겠다. 그동안 버텨온 당신이 참 대단하다. 잘했다.

나이 듦에 대한 여유

    중년이라는 시기는 제일 할 일도 많다. 신경 쓸 것도 제일 많다. 밖으로는 남편이 승진이나 일을 확장하는 시기다. 남편은 후배나 후학 양성하는 일과, 일에 성과를 더 높여서 인정을 받는 것에 집중하는 시기다. 그러니 아내와 함께 산책하고 젊은 날의 설렘을 느끼며 연애 감정을 누릴 여유가 없다. 아이들 일에도 신경을 쓰지 못할 만큼 긴장되고 불안한 마음으로 지낼 수도 있다. 남편의 이런 상황에 아내는 서러워진다. 남편이 요구하는 것은 많은데다가 자신에게 맞춰주기를 바라지, 아내의 마음을 읽고 달래줄 생각은 없기 때문이다. 그들은 잦은 회식, 술, 상관의 부당한 명령과 잔소리에 휘둘리면서 또

치고 올라오는 까마득한 후배를 견제하며 돈을 벌어야 하고, 승진해야만 한다는 스트레스에 시달리고 있다. 그러니 가정 일이나 시댁 일쯤은 아내가 알아서 하라는 식이다.

중년 엄마들은 나이가 들어도 아직 서슬 퍼런 시어머니와 꼬장꼬장한 시아버지가 버티고 있으며, 때마다 살뜰히 챙겨주기를 바라는 친정 부모가 있다. 시누이들과 그들의 배우자들, 형제들 같은 친인척의 대소사에도 관심을 가져야 한다. 조부모의 병수발을 늘기노 샂는 시기다. 아래로는 아직도 철없는 대학생 자녀, 취업을 고민하는 자녀를 두었거나 한참 사춘기의 돌풍을 지나는 아이로 인해 진을 빼는 시기이기도 하다.

이토록 바쁜 중년의 시기에, 심리적으로는 위기를 겪기도 하다. 그동안 쏟아부었던 열정이 고갈되어 새로운 충전이 필요한 시기인데, 나라는 사람의 존재감에 대해서 재조명받고, 엄마로서가 아니라 나로서 새롭게 인정받고 싶은 욕구가 부딪히기 때문이다. 또한 내 전부라고 여겼고 나의 젊음과 직장을, 나의 시간과 노력을 모두 투자했던 아이들이 엄마 곁을 떠나면서 엄마의 마음에는 허전함이 깊이 깃드는 시기다. 이럴 때 남편이 옆에서 다독여주지도 못한 채 더 바쁜 시간을 보내고 있으니 허전함은 더욱 커질 수밖에 없다.

또 큰돈이 들어가는 일이 많아져 가정 경제를 고민하게 된다. 그러다 보니 자신에 대한 회의감이 들게 된다. 들어가는 돈은 많은데 새롭게 일하자니 나이 든 자신을 써주는 곳은 별로 없다. 마트의 비정규직 일이나 알바가 주어질 뿐이니 말이다. 현실은 왜 이렇게 더 각박해지기만 할까란 마음에 더욱 울적해지는 엄마들이 많다.

우리나라는 피라미드(어린 세대가 많고, 중년과 노인과 같은 고령층으로 갈수록 작아지는 인구 구조 모양)에서 항아리 모양(어린 세대는 줄고, 고령층은 늘어나서 가운데 중년층이 윗세대와 아랫세대를 모두 책임져야 하는 일이 늘어나는 모양)으로 인구 구조가 바뀌고 있다. 그에 따른 중년의 책임도 커지고 또 부양하는 시기도 늘어났다. 가장 일을 많이 하고 많은 책임을 져야 하는 시기가 중년이다. 그러니 그런 구조와 맞물려서 중년의 고단함도 심리적인 어려움을 줄 수도 있다.

또 중년 후반으로 갈수록, 빠르면 30대 후반에, 늦으면 50대에 폐경기가 찾아온다. 폐경기는 '내가 여자구나'의 정체성을 잃는다는 상실감을 준다. 이제 탄력 없는 피부와 주름에 더해 여성성마저 잃어버리는(심리적인 충격 면에서 말이다) 그냥 사람인 나와 마주하게 되는 것이다. 그러니 중년의 마음은 한층 고달파진다. 이리저리 돌아봐도 중년 여성은 쉴 때가 마땅치 않다. 상하좌우 어디를 봐도 내 손이 필요하고, 게다가 중심을 잡고 주요한 일을 해내야만 한다. 그러니 중년 여성의 춤바람이 그렇게도 무섭다는 말도 일리가 있지 않을까. 삶의 즐거운 일이 없으니 자칫 잘못하면 나를 여자로 봐주고 공허한 내 마음을 채워주는 이에게 쉽게 마음을 뺏길 수밖에.

하지만 나이가 든다는 것이 마냥 슬픈 것만은 아닌 것이, 이 무수한 책무를 현명하게 조율해나갈 수 있는 지혜도 함께 준다는 데 있을 것이다. 마치 오춘기마냥 복잡다단한 중년의 심경을 조금은 자연스럽게 받아들이고 흘려보낼 수 있는 여유가 생긴 것이다. 예전에 무조건 부딪치고 아파야지만 깨달을 수 있었던 사춘기 때와는 다르게 오춘기를 맞이하는 것이다. 아이들이 성장하고, 엄마 곁을 떠나갈 때가 다가온다는 사실에 허전함을 느끼지만, 더 깊이 내 인생을 살 수 있는 기회가 다가오는 것이기도 하다. 여전히 부양해야 할 식구와 조부모가 있지만, 젊은 날 서로 성숙하지 못해 싸우고 마음 깊이 고통을 느낄 때보다는 비교할 수 없을 만큼 여유로울 것이다. 그리고 나이가 들수록 새삼 느낀다. 부모가 아직도 건재하다는 것이 얼마나 위로가 되는지 말이다. 아직 나의 이름을 불러주고, 나를 어리게 봐주고, 걱정해주는 부모가 있다는 것은 삶의 큰 힘이 된다. 그러니 그것도 고마운 일이 아닐까. 신경 써야 할 형제들이 있다면, 내가 할 수 있는 만큼만 하면 그만이다. 넘치는 오버는 이제 절제할 줄 아는 중년이 되었으니 말이다.

이제, 엄마라는 이름 뒤에 미루어 두었던 나의 이름으로 시간을 보낼 때가 다가온 것이기도 하다. 나이가 든다는 것이 그렇다. 나이는 때로, 중요한 것은 몸의 시간이 아니라 마음의 시간인 것 같다는 생각을 불현듯 하게 만든다. 몸은 젊어도 '나는 할 수 없다'고 주저앉는 것이 버릇이 된 사람은 이미 마음 노인이다. 몸이 사오십 대 아줌마여도 여전히 '나는 하고 싶은 게 많고, 할 수 있다'고 믿는다면 어느 젊은이 못지않을 청년인 셈이다. 나이 들수록 삶의 지혜는 늘고, 관계에도 더 노련하다. 그리고 무조건 조급해하지 않는 삶의 여유도 생겼다. 때로 남성적인 성격도 갖추고 무서울 게 없어지는 용기도 생기니 무엇이든 못하라는 법은 없다. 당신은 이미 숱한 어려움을 이겨내고 버텨낸 저력 있는 사람이다. 그러니 용기를 가지고 제 2라운드를 꿈꿔보자. 늦지 않았다. 당신을 응원한다. 당신은 여전히 영롱하게 빛나는 존재라는 걸 잊지 않았으면 한다.